Dit boek is van:

....

Welkom in de wereld van de

Thea Sisters

Hoi, ik ben Thea Stilton!

Ja, ik ben de enige echte Thea Stilton, de zus van Geronimo Stilton! Ik ben speciaal verslaggeefster bij **De Wakkere Muis,** de meest gelezen krant van Muizeneiland. Ik ben gek op reizen en avontuur en ik vind het fantastisch om knagers uit de hele wereld te leren kennen!
Op het Topford College, waar ik lesgeef en waar ik vroeger zelf ook les heb gehad, heb ik vijf superspeciale muizinnetjes leren kennen: Colette, Nicky, Pamela, Paulina en Violet. Zij zijn heel goede vriendinnen van elkaar en vonden mij zo aardig dat ze hun groepje naar mij hebben genoemd: de Thea Sisters (Engels voor Thea zussen). Ik was natuurlijk zeer vereerd en heb besloten hun avonturen op te schrijven.

De muizenissige avonturen van de ...

TheaSisters

Colette

Ze is gek op mode, make-up en de kleur roze. Ze is heel erg behulpzaam, maar ze komt altijd te laat!

Paulina

Een echte computer-nerd. Ze houdt van reizen en vindt het leuk om mensen uit de hele wereld te leren kennen.

Violet

Ze is de studiebol van het stel en ontdekt graag nieuwe dingen! Ontspannen doet ze door naar klassieke muziek te luisteren.

Nicky

Natuur en buitenlucht maken haar gelukkig. Ze kan geen seconde stilzitten en lijdt aan claustrofobie (angst voor kleine ruimtes).

Pamela

Het liefst eet ze alleen maar pizza. Ze heeft een hekel aan ruzie en is erg impulsief. Ze is superhandig en repareert alles zelf!

Wil jij ook een Thea Sister zijn? Schrijf hier je naam!

....

Ik hou van ....
....
....
....
....
....

Oorspronkelijke titel: Carnevale a Venezia
Tekst: Thea Stilton
Vertaling: Sandra Verhulst
Coördinatie tekst: Alessandra Berello *(Atlantyca S.p.A.)*
Coördinatie redactie: Patrizia Puricelli, Marta Vitali *en* Sofia Scartezzini
Art director: Iacopo Bruno
Redactie graphic design: Flavio Ferron, *met medewerking van* Tommaso Valsecchi
Cover: Giuseppe Facciotto *en* Flavio Ferron
Illustraties en kaarten: Barbara Pellizzari, Flavio Ferron, Giovanna Ferraris, Paola Berardelli / theWorldofDOT, Caterina Giorgetti, Chiara Balleello, Valeria Cairoli, Daniele Verzini *en* Chiara Cebraro
Zetwerk: Josefine Sweerman / Josefini [dtp • ontwerp • web]

ISBN 978 90 8592 454 8
NUR 282/283

Verspreiding in België: Baeckens Books nv, Uitgeverij Bakermat, Mechelen

Thea Stilton

CARNAVAL in Venetië

Hallo vrienden en vriendinnen!

Wil jij de Thea Sisters helpen bij dit nieuwe avontuur? Het is echt niet moeilijk: het enige wat je hoeft te doen is alle aanwijzingen opvolgen!

Als je dit vergrootglas ziet, is het opletten geblazen: op die bladzijde staat een belangrijke tip. Tussendoor zetten we alles op een rijtje zodat we niets vergeten. Ben je er klaar voor? Het mysterie wacht op je!

Een droomplek

Er zijn van die plekken op de wereld die tot de **VERBEELDING** spreken. Je hebt ervan gehoord, erover gelezen en ze in films of op foto's gezien. Maar er zelf voor het eerst zijn, blijft een unieke **belevenis.**

Dat dachten de vijf Thea Sisters toen ze het station van *Venetië* uit liepen.

Ze konden hun ogen nauwelijks geloven: voor het grote plein lag een kanaal waar je zo in zou willen **DUIKEN,** en de prachtige palazzi* aan de overkant leken wel op het **water** te drijven.

'Venetië is zelfs nog **mooier** dan ik dacht', mompelde Violet.

* *Palazzi:* grote huizen.

De anderen waren het met haar eens. Sinds hun vertrek vanaf Walviseiland hadden ze er een lange, AVONTUURLIJKE reis op zitten. Hun vliegtuig was op een andere luchthaven aangekomen dan gepland, waardoor ze ook nog een TREIN hadden moeten nemen.

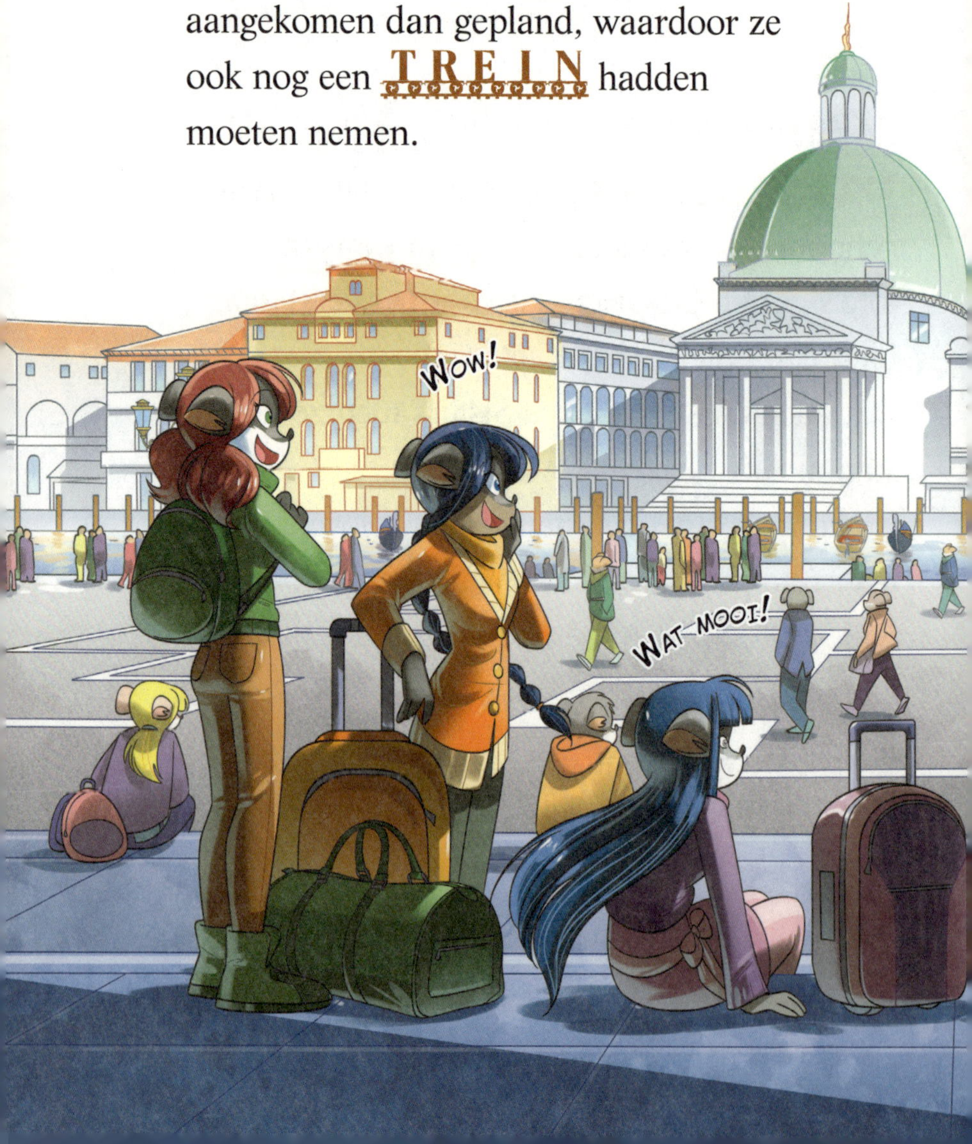

Maar het was beslist de moeite waard geweest; Venetië, de romantische stad op het water, zag er betoverend mooi uit.

'Welke kant moeten we op?' vroeg Nicky.

Paulina zette haar tablet aan. Ze had er vooraf de complete reisgids van de stad op gezet.

'Even het **ADRES** van Marco en Elisa **OPZOEKEN** ...'

Dat de Sisters in *Venetië* waren, hadden ze aan hun Italiaanse vrienden te danken. Ze leerden Marco en zijn zus Elisa afgelopen **ZOMER** op het Topford College kennen. Marco had er een cursus journalistiek gevolgd en Elisa was met hem **MEEGEREISD** om op Walviseiland te sporten.

In de maanden erna hadden ze contact gehouden met de Thea Sisters.
Een paar weken geleden had het tweetal de vriendinnen uitgenodigd om hen te komen OPZOEKEN in hun thuisstad Venetië en zo ook het beroemde CARNAVAL bij te wonen.
De muizinnen waren meteen enthousiast; Colette kon amper wachten om al die knagers met schitterende maskers en kostuums door de straten te zien paraderen, terwijl Pam zich nu al verheugde op de heerlijke OLIEBOLLEN waarover Marco haar had verteld.

Paulina en Violet wilden zich verdiepen in de Venetiaanse architectuur en Nicky was helemaal klaar om een gondel te besturen!

Uiteindelijk vond Paulina de aantekening die ze zocht. 'Hier heb ik het, we moeten naar de CALLE DEL PARADISO toe. Het huis van Elisa en Marco is daar in de buurt.'

'Calle del Paradiso ... wat een mooie namen hebben de straten hier in Venetië', zuchtte Colette, die naar het zonlicht keek dat op het water weerkaatste. 'Alles is hier mooi en romantisch.'

'Duizend doffe wieldoppen!' onderbrak Pam haar. 'Het is hier dan wel romantisch, maar hoe komen we bij Elisa en Marco? We kunnen toch niet zomaar in een boot springen?'

'HAHA, ja dat kan wel, Pam: niet alle boten varen hier voor hun plezier. Er zitten ook **TAXI'S** tussen!' lachte Paulina. Ze wees naar een houten **MOTORBOOT** met een gele vlag op de boeg.

'Waar wachten we nog op?' moedigde Nicky de rest aan. 'Laten we aan boord gaan:

VENETIË HERE WE COME!'

In een taxi zonder wielen!

De Thea Sisters stapten in de **MOTORBOOT** en gaven de taxibestuurder het adres waar ze naartoe wilden. Intussen begon Paulina opnieuw op haar TABLET te zoeken.

'Even kijken, nu varen we volgens mij op het *Canal Grande,* het oude kanaal dat de stad in tweeën verdeelt. Daar zie ik een kerk, en de brug waar we nu ONDERDOOR varen, dat is volgens mij de *Ponte* … de *Ponte* …'

'*… degli Scalzi, Ponte degli Scalzi!*' zei de jonge knager die naast de bestuurder zat met een

brede GRIJNS. 'Jullie zijn zeker nog maar net in de stad aangekomen?'
Nicky glimlachte. 'Dat klopt en we zijn ook voor het eerst in Venetië.'
'Dan hebben jullie goed gekozen; Venetië is op z'n mooist vanaf het water! Zo kun je de gevels van de palazzi het beste BEWONDEREN.'
'Uit welke eeuw zijn al die mooie gebouwen?' vroeg Violet.
Weer haalde Paulina haar tablet tevoorschijn. 'Even kijken, volgens mijn reis-gids komen ze uit de veertiende, maar ook uit de vijftiende eeuw.'
'... en uit de eeuwen ERNA', vulde de Venetiaanse knager met een grote glimlach aan.
'In Venetië hebben we gebouwen uit elke periode en in elke stijl. Links zien jullie bijvoorbeeld het *Ca' Pesaro,* dat in de zeventiende

CA' PESARO
Dat is het Ca' Pesaro!

en achttiende eeuw is gebouwd door de familie Pesaro en dus ook naar hen is vernoemd.'

'Volgens mijn reisgids zit daar nu het Museum voor Oosterse Kunst', merkte Paulina op.

'Dat klopt! Een van de VELE musea die de stad rijk is. Ze zijn trouwens allemaal in schitterende palazzi ondergebracht.'

'Hier heb ik de complete lijst', reageerde Paulina.

De vriendinnen begonnen de lijst meteen door te nemen.

Violet, die gek is op kunst, riep opgewonden: 'De Venetiaanse schilderkunst uit de achttiende eeuw. Daar zijn werken bij die ik absoluut niet wil missen!'

Nicky zei: 'Ik zou graag het NATUURHISTORISCH MUSEUM willen bezoeken.'

Colette vond dat het kantmuseum een absolute must see was.

'Eh, muizinnen ...'

'En jij, Pam, welk museum zou jij willen bezoeken?' vroeg Paulina aan haar vriendin.

'Muizinnen ...'

'Is er misschien eentje over *gondels?*' vroeg Pam. 'Dat zou ik dan wel graag willen zien!'

'MUIZINNEN!'

Eindelijk keken de Thea Sisters op.

'Sorry dat ik jullie **ONDERBREEK,** maar terwijl jullie met je snuit op dat ding zitten, missen jullie *Venetië!*' zei de Venetiaanse knager met een weids gebaar.

Paulina liep rood aan en borg de TABLET snel op. 'Je hebt helemaal gelijk.'

'Wat is dat daar?' vroeg Pam.

Verderop zagen ze een grote stenen brug met een mooie zuilengalerij erop.

'Dat is de oudste **BRUG** van Venetië,' legde de knager uit, 'de Rialtobrug.'

'En jullie zijn bijna op jullie bestemming', zei de

taxichauffeur, die langzaam had GEVAREN zodat de muizinnen van het tochtje hadden kunnen genieten. 'Het ADRES dat jullie zoeken is niet ver hiervandaan.'

Venetië

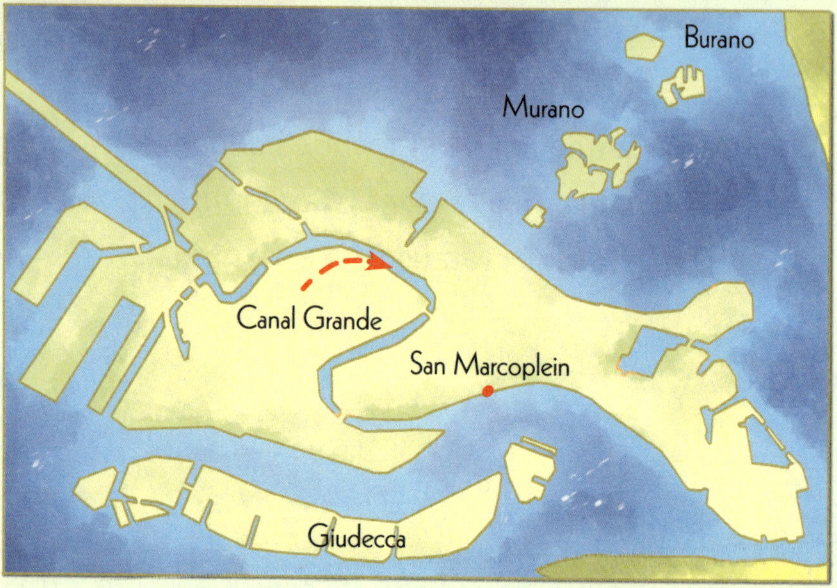

Venetië is gebouwd op een eilandengroep in een LAGUNE, een bijna afgesloten stuk zee. De stad is via een VIER KILOMETER lange brug met het Italiaanse vasteland verbonden.

Omdat Venetië uit meer dan honderd KLEINE en GROTE eilandjes bestaat, zijn er overal KANALEN (meer dan 150!) en ook meer dan 400 BRUGGEN te vinden!

Het grootste en belangrijkste kanaal is het CANAL GRANDE. Het is bijna 4 KILOMETER lang en slingert zich een weg dwars door de stad.

Venetië staat regelmatig onder water. Het ACQUA ALTA of hoogwater is een gevolg van de opwarming van de aarde. Door het smelten van de ijskappen stijgt de zeespiegel, waardoor de stad bij hoogtij vaak overstroomt. Als dat gebeurt, moet je op vlonders* lopen.

* *Vlonders:* houten platformen.

Een huis op het water

Ze waren nog maar net onder de Rialtobrug door gevaren, toen de taxibestuurder afsloeg naar een smaller **kanaal.** Hij stopte bij een groot roze gebouw. ‘Bestemming bereikt! Dit is het adres dat jullie zoeken.’
De bakstenen onder aan het huis waren wat afgebladderd en vanaf het kanaal kon je de deur alleen via een steiger bereiken.
‘Gi-ga-geitenkaas! Onze vrienden wonen echt op het water’, zei Pam stomverbaasd.
‘Maar hoe ***VERPLAATSEN*** ze zich dan? Altijd met de taxi?’ vroeg Colette perplex.

'DAARMEE!' reageerde Paulina en ze wees naar een houten BOOTJE dat naast de deur lag aangemeerd.

'HOI, THEA SISTERS! JULLIE ZIJN ER!' riep iemand vanaf boven. De muizinnen KEKEN omhoog: op het balkon stond hun VRIEND Marco enthousiast te zwaaien. Achter hem stond zijn zus Elisa.

'We komen naar BENEDEN om jullie binnen te laten!' riep de knager.

'Uiteindelijk verschilt het leven in Venetië toch niet zo erg van dat in andere steden', peinsde Pam hardop. 'Ze hebben hier alleen kanalen in plaats van straten en BOTEN in plaats van auto's.'

'Klopt helemaal, Pam', bevestigde Marco, die

Hoi, Thea Sisters!
Hier zijn we dan!

naar buiten kwam. 'Het enige minpuntje is het ACQUA ALTA, het hoogwater. Jullie hebben hopelijk rubberlaarzen bij je?'

'Haha, grapjas!' grinnikte Pam en ze omhelsde haar vriend.

Even later was het huis van Marco en Elisa gevuld met blije stemmen. Het tweetal overstelpte de Thea Sisters met vragen over het college. En natuurlijk wilden ze ook weten wat hun eerste indrukken van Venetië waren. Daarna namen ze hun gasten mee naar de eetkamer.

'We dachten dat jullie wel UITGEHONGERD zouden zijn', begon Elisa.

Het enige antwoord kwam van Pams maag, die als op commando luidruchtig begon te knorren.

'Daarom hebben we iets te ETEN voor jullie klaargemaakt', zei Marco trots. Hij verdween meteen naar de keuken.

Kort daarna GENOTEN de muizinnen volop van de typisch Venetiaanse gerechten die hun vriend voor hen had bereid.
'Wat een geluk dat jij zo graag kookt', merkte Pam op, terwijl ze nog een schep rijst met DOPERWTEN nam. 'Hoe heette dit gerecht ook alweer?'

'RISI E BISI', lachte Marco.
'Ik vind die spaghetti met BONEN veel lekkerder!' riep Colette.
Elisa verbeterde haar: 'Dit is geen spaghetti. Het is BIGOLI, een typische pasta uit Venetië.'
'En wat smaakt die stokvis muizinnig goed', zei Nicky, terwijl ze nog een tweede portie nam.
'Ik ben blij dat jullie alles LEKKER vinden. Jullie zullen de energie nodig hebben, want we hebben veel op het programma staan: voorstellingen, *parades*, FEESTJES en *gemaskerde bals!*'
'Straks maak je hen nog bang', onderbrak Elisa haar broer.
'Daar hoef je je geen zorgen over te maken: ze zijn hier juist voor het beroemde CARNAVAL VAN VENETIË.'
'Yes!' juichten de Thea Sisters. 'We kunnen haast niet wachten tot het begint!'

Marco keek op zijn horloge. ‘Nu jullie het zeggen,’ zei hij, ‘het is tijd om te GAAN.’

‘Wij zijn er klaar voor!’ riep Nicky, die meteen opsprong. ‘Nemen we jullie BOOT?’

‘Natuurlijk, maar eh… jullie wilden toch niet zó gaan?’ reageerde Marco.

De muizinnen KEKEN elkaar een beetje ongemakkelijk aan.

‘Misschien moeten we ons maar even opknappen. Mijn haar zit vast in de war’, stamelde Colette blozend.

Marco barstte in lachen uit.

‘Helemaal niet. Het enige wat jullie missen is carnavalskleding!’

Een droomgarderobe!

Voordat de Thea Sisters om uitleg konden vragen, had Elisa hen al meegenomen naar een **KLEDINGKAST.**

'Kijk eens, hier bewaren we de carnavalskleding', zei de knaagster en ze haalde een grote **DOOS** tevoorschijn.

Bij het zien van de zijden gewaden, de felgekleurde veren en de met gouddraad geborduurde sjaals kon Colette een kreet van bewondering niet onderdrukken.

'Wow! Een echte schatkist!'

Elisa pakte een blauw-zilveren jurk, waar een heel mooi maanvormig **masker** bij hoorde, en liet hem aan de muizinnen zien. 'Dit jaar ga ik als de **MAAN!**'

'Ik kan natuurlijk niet voor haar onderdoen', reageerde Marco meteen. Hij haalde een **geel** en **oranje** pak uit de doos, en een rond **masker** met een heleboel goudkleurige stralen.

'DE ZON!' riep Colette, die opgewonden in haar poten klapte. 'Wat een muizinnig goed idee!'

'Dit zijn alle carnavalskostuums die onze **FAMILIE** de

afgelopen jaren heeft gedragen', verduidelijkte Elisa terwijl ze hen kostuums in alle denkbare kleuren en vormen liet zien.

'Trek maar iets aan wat jullie leuk vinden. Intussen **GAAN** Marco en ik ons ook verkleden. Over een halfuurtje verwachten we jullie beneden; klaar om het **CARNAVAL** in te duiken!'

De Thea Sisters konden hun geluk niet op met zo'n droomgarderobe!

Het was natuurlijk niet makkelijk om een keuze te maken, maar een halfuur later hadden de muizinnen toch allemaal iets uitgezocht. Colette droeg een prachtig **LENTEKOSTUUM** met een heleboel piepkleine bloemetjes erop, Paulina een blauwrood pak met koraal-prints en een **VISSENMASKER**, Pam een grote oranje cape

waarvan de kap een rand van LEEUWENMANEN had, Nicky een vlinderkostuum en Violet een pak dat was versierd met *muzieknoten.* Marco en Elisa knikten tevreden toen de muizinnen in hun mooie kostuums de trap af

kwamen: 'Nu zijn jullie pas écht klaar voor het CARNAVAL. Kom op, we gaan!'
Toen ze de uitnodiging kregen, hadden de Thea Sisters zich het carnaval van Venetië voorgesteld als een VROLIJK en UITBUNDIG feest. Maar wat ze nu te zien kregen was nog veel mooier dan ze gedacht hadden!
Zodra ze uit de boot stapten, kwamen ze in een veelkleurige menigte terecht. Iedereen droeg prachtige maskers en schitterende kostuums.

Pam was zo druk om zich heen aan het kijken, dat ze per ongeluk tegen een knager opbotste die een vreemd masker met een lange SNAVEL droeg. 'Oeps, sorry!'
De mysterieuze figuur draaide zich om, nam haar even op en maakte toen zwijgend een diepe buiging. Daarna draaide hij zich weer om en VERDWEEN in de menigte.

'Waar is hij nu gebleven?' mompelde Pam, die zich afvroeg of ze het zich niet had **verbeeld.**
Elisa pakte haar bij de poot. 'Maak je maar geen zorgen: tijdens het carnaval is de stad nog magischer dan anders. Je vraagt je de hele tijd af of wat je ziet wel echt gebeurt.'
Intussen waren ze aangekomen op een **groot** plein met schitterende palazzi eromheen.
'Dit is het San Marcoplein, de beroemdste plek van de stad', zei Elisa.
'We zijn precies op tijd voor de show!' riep Marco enthousiast. Hij wees naar een reusachtig podium midden op het plein. De Thea Sisters keken vol bewondering naar de felgekleurde kostuums die op het podium werden geshowd. Paulina bleef maar fotograferen en kreten van bewondering slaken.
Tot plotseling ... **'AAAAAAAAAAH! HEEEELP!'**

WAT GEWELDIG!
WAT EEN MUIZINNIGE SHOW!
KIJK DAAR!

WELKOM IN VENETIË!

Het gegil kwam van een knaagster in een kostbare achttiende-eeuwse jurk.
'Wat is er aan de poot?' vroeg Colette, die zich een weg baande door het groepje nieuwsgierigen dat zich rond de knaagster had verzameld.
'Ik ben BESTOLEN! Ze zijn ervandoor met mijn … mijn …'
'… portemonnee?' gokte Pam.
'Nee!' riep de knaagster.

'MIJN WAAIER!'

De verdwenen waaier

De Thea Sisters KEKEN elkaar stomverbaasd aan, terwijl de knaagster luidkeels om hulp bleef roepen.
'WIE HEEFT HET GEDAAN?'
vroeg een knager die net kwam aanlopen.
'Hoe kan ik dat nu weten?!' antwoordde de knaagster. 'Ik weet alleen dat mijn WAAIER er niet meer is!'
'Rustig maar', probeerde Paulina haar te sussen. 'Legt u ons eerst eens uit wat er precies is gebeurd.'
De knaagster slaakte een diepe ZUCHT en begon te vertellen: 'Ik was naar de show op het podium aan het kijken toen ik plotseling

een glinsterend voorwerp op de grond zag liggen. Het leek wel een BROCHE met edelstenen. Ik dacht dat iemand die misschien had VERLOREN, dus wilde ik hem oprapen om vervolgens de eigenaar te ZOEKEN.'

'En toen?' vroeg Elisa.

De knaagster wees naar een zak in de rok van haar dure kostuum. 'Toen ik me bukte om de broche op te rapen, stopte ik heel even mijn WAAIER in mijn zak. Maar toen ik weer overeind kwam, was hij VERDWENEN!'

'En u hebt niets gemerkt?'

De knaagster schudde haar kop. 'Natuurlijk niet, dan had ik hem echt niet van onder mijn snuit vandaan laten pikken! Dit is het werk van een ervaren dief: een echte GOOCHELAAR.'

'Hij is in ieder geval vakkundig te werk gegaan', concludeerde Elisa.

'O ja, en in plaats van mijn waaier zat dit opeens in mijn zak', jammerde de knaagster, die hen een SPEELKAART met een hoge hoed erop liet zien.

'En de BROCHE?' vroeg Violet.

De knaagster schudde opnieuw haar kop. 'Dat is nog het vreemdste aan deze hele zaak: die was ook ineens VERDWENEN! Toen ik me bukte om hem op te rapen, was hij WEG.'

De Thea Sisters wisselden een verbaasde blik.

'Misschien heeft iemand hem weggeschopt?' opperde Marco. 'In deze MENIGTE is dat heel goed mogelijk … Wie weet is uw WAAIER wel op dezelfde manier zoekgeraakt?'

De knaagster wierp hem een VERNIETIGENDE blik toe. 'Als mijn waaier gewoon uit mijn zak was gevallen, dan had ik dat echt wel gemerkt.

Maar ik verzeker je dat hij is VER-DWE-NEN! En de broche ook.'

'Duizend doffe wieldoppen', mompelde Pam, die zich op haar kop krabde. 'Dit lijkt wel TOVENARIJ!'

Intussen was Marco de grond rondom de knaagster aan het afspeuren, maar van de waaier was geen spoor meer te vinden.
Paulina begon opnieuw vragen te stellen:
'Was het een dure waaier?'
'Niet echt, al was hij natuurlijk wel oud. Ik was er vooral heel erg aan gehecht. Elk jaar nam ik hem mee naar het CARNAVAL. Voor mij is hij onvervangbaar.'
'En verder hebt u niets vreemds gemerkt?' vroeg Violet.
De knaagster SCHUDDE resoluut haar kop, maar toen keek ze de muizinnen ineens aan alsof haar nog iets te binnen SCHOOT.
'Nu jullie het zeggen', begon ze. 'Er was wel iets, ik weet alleen niet of …'
'Vertel het ons toch maar', spoorde Nicky haar aan. 'Ook het kleinste detail kan van belang zijn.'
'Goed dan. Toen ik me bukte om de broche

op te rapen, hoorde ik ineens GEFLADDER.'

'Logisch', zei Pam, die een blik op het plein wierp. 'Het STIKT hier van de duiven.'

'Ik heb nog geen enkele duif zoveel kabaal horen maken! Maar nu wil ik het liefst naar HUIS; het is genoeg geweest voor vandaag.'

En zonder nog iets te zeggen ging ze ervandoor, de vrienden beduusd achterlatend.

'Ik weet niet wat jullie denken, maar volgens mij klopt er iets niet', zei Colette als eerste.

Paulina knikte. 'Het gedoe met die speelkaart, het GEFLADDER ...'

Violet onderbrak haar: 'Waarom zou een dief trouwens een waaier uit iemands zak STELEN en het risico lopen om gepakt te worden, terwijl het hier barst van de feestvierders met poottassen en juwelen die veel MAKKELIJKER te stelen zijn?'

Niemand antwoordde. Na een poosje zei Marco BESLIST: 'Ik ben er zeker van dat haar waaier gewoon op de grond is gevallen en dat iemand hem heeft weggetrapt. Hij kan zelfs in het water terechtgekomen zijn. We moeten onze avond hier niet door laten verpesten. We kunnen beter naar huis gaan: het is etenstijd!'

'GOED PLAN!' riep Pam meteen.

'IK VERGA VAN DE HONGER!'

Hij slaat opnieuw toe!

Zodra ze de voordeur openden, werden ze door een diepe stem VERWELKOMD.

‘Elisa? Marco? Zijn jullie thuis? En jullie vrienden, zijn ze goed aangekomen?’

Een lange knager met een BAARD stak zijn kop uit de keuken.

‘Pap!’ riep Elisa, die hem meteen omhelsde. ‘Wat leuk dat je zo VROEG thuis bent!’

Op de strenge snuit van de knager verscheen een GLIMLACH.

'Ik ben wat eerder weggegaan van het politiebureau zodat ik de tijd had om iets LEKKERS voor jullie te koken. Maar stel je je vriendinnen niet eerst even voor?'
'O, natuurlijk: dit zijn Colette, Violet, Nicky, Pam en Paulina, maar ze noemen zichzelf ook wel …'
'*... de Thea Sisters!*' riepen de muizinnen in koor. Een voor een schudden ze hem de poot.
Toen ze hun kostuums hadden verwisseld voor gewone kleding, ging iedereen aan tafel zitten.
Colette vroeg meteen aan de vader van Marco en Elisa: 'Dus u bent **AGENT?'**
Maar Elisa antwoordde al in zijn plaats: 'Nee hoor, hij is inspecteur! En daardoor heeft hij het zo druk dat we hem haast nooit **ZIEN!'**
De knager glimlachte. 'Mijn dochter overdrijft, maar het klopt dat ik de laatste dagen veel tijd op mijn werk doorbreng.'
'Wij waren vandaag toevallig getuige van een kleine **DIEFSTAL'**, liet Violet zich ontglippen.

De vader van Elisa en Marco werd meteen heel serieus. 'Wat voor diefstal?'
'O… smak … niets **kostbaars** ofzo … smak …' zei Pam. 'Het enige dat was gestolen … smak … was een oude **WAAIER** van een achttiende-eeuwse knaagster … smak … De knaagster zelf kwam natuurlijk niet echt uit de achttiende eeuw', verbeterde ze zichzelf, 'maar … smak … ze droeg, ze had …'
Colette schoot haar te hulp: 'Ze was verkleed als achttiende-eeuwse knaagster en de waaier hoorde bij haar **KOSTUUM**.'
De inspecteur luisterde hoe de muizinnen tot in de kleinste **details** beschreven wat ze hadden gezien. Toen Pam hem over de **SPEELKAART** met de hoge hoed' vertelde, gooide hij zijn servet plotseling op de tafel. **'O NEE, HIJ HEEFT DUS ALWEER TOEGESLAGEN!'**
'Wie?' vroeg Elisa ongerust. Ze merkte dat het

Hmm...
Het was een achttiende-eeuwse knaagster ...

humeur van haar vader ineens was OMGESLAGEN, wat maar twee dingen kon betekenen: problemen op komst en dag, gezellig avondje samen!

'Laat maar, het is niets', antwoordde hij afwezig.

Colette wisselde een snelle blik met haar vriendinnen en zei toen hardop wat iedereen dacht: 'Wij zijn dol op MYSTERIES! Ik beloof u dat we het aan niemand verklappen als u het ons vertelt!'

De inspecteur BEKEEK het groepje dat hem nieuwsgierig aanstaarde, slaakte een diepe ZUCHT en zei toen: 'Goed dan, maar ik kan jullie alleen vertellen wat ik bekend mag maken ... Sinds een paar dagen worden er overal in de stad oude maskers en kostuums gestolen. Van de dief ontbreekt helaas elk spoor. Alle diefstallen worden onder zeer MYSTERIEUZE omstandigheden gepleegd. De voorwerpen VERDWIJNEN plotseling, zonder dat iemand iets merkt.'

'Net als de waaier, en de broche die de knaagster vanmiddag op de grond zag liggen', concludeerde Violet.

De inspecteur knikte. 'Het enige spoor dat de DIEF telkens achterlaat, is net zo'n speelkaart als degene die jullie beschreven.'

'Een soort visitekaartje dus!' riep Pamela. 'Maar waarom zou hij dat doen?'

De inspecteur haalde zijn schouders op. 'Dat weten we jammer genoeg nog niet.'

'Wat heeft hij tot nu toe al GESTOLEN?' vroeg Marco.

De inspecteur stond op. Hij pakte een grote gele map uit zijn aktetas, haalde er een paar foto's uit en legde die op de tafel.

'Hier zien jullie een paar van de gestolen voorwerpen', verduidelijkte hij.

De vrienden **DROMDEN** samen rond de foto's om ze beter te kunnen bekijken. Ze zagen een elegant **pauwenmasker,** een masker met schelpen en een kostbaar goudkleurig kostuum.

'Hmm... wat zouden al die dingen met elkaar **GEMEEN** hebben?' mijmerde Colette hardop. 'Op het eerste gezicht **NIETS**', antwoordde Marco. 'Al moet de dader toch een motief hebben. Ik denk dat we

beter EERST kunnen uitzoeken van wie al die voorwerpen zijn GESTOLEN en …'

Plotseling pakte de inspecteur de foto's van de tafel en borg ze snel weer op in zijn map.

'Jullie gaan helemaal NIETS uitzoeken!' riep hij streng. 'Ik heb jullie al te veel laten ZIEN.'

'Maar pap …' sputterde Marco tegen. 'Wij willen graag meehelpen en …'

'GEEN SPRAKE VAN, je weet best dat ik dat niet wil. Jullie zijn nog veel te jong voor dit soort werk!'

Toen werd zijn stem wat milder: 'Ik loop

even langs het politiebureau om te kijken of er al meer **INFORMATIE** is over dit nieuwe geval. Ik zie jullie straks!'
Hij ***LIEP*** de kamer uit en liet iedereen zwijgend achter.

Een bijzondere modeshow

De UITBARSTING van de inspecteur was gelukkig snel vergeten.
Na het eten VERTELDEN Marco en Elisa de muizinnen wat ze die avond nog van plan waren.
'Eerst nemen we jullie mee naar een schoonheidswedstrijd', zei Marco.
'Een schoonheidswedstrijd? Houden ze die dan ook tijdens het *carnaval?*' vroeg Colette.
'Reken maar', grinnikte Marco. 'Er wordt elk jaar

een prijs uitgereikt voor het allermooiste KOSTUUM.

Zijn zus vertelde: 'Vanavond showen de **deelnemers** hun kostuums op het podium. Het wordt echt superleuk. Maar nu moeten we ons snel verkleden!'

Elisa had gelijk. In het AVONDLICHT was het San Marcoplein nog veel mooier dan overdag. Onder luid TROMGEROFFEL paradeerden knagers verkleed als prinsen en

prinsessen over het podium, maar ook als **Egyptenaren** uit de oudheid, sterrenbeelden en dieren.

De Thea Sisters mengden zich in de kleurrijk uitgedoste menigte en keken gefascineerd naar de SPECTACULAIRE kostuums op het podium.

'Wow', fluisterde Colette, diep onder de indruk.

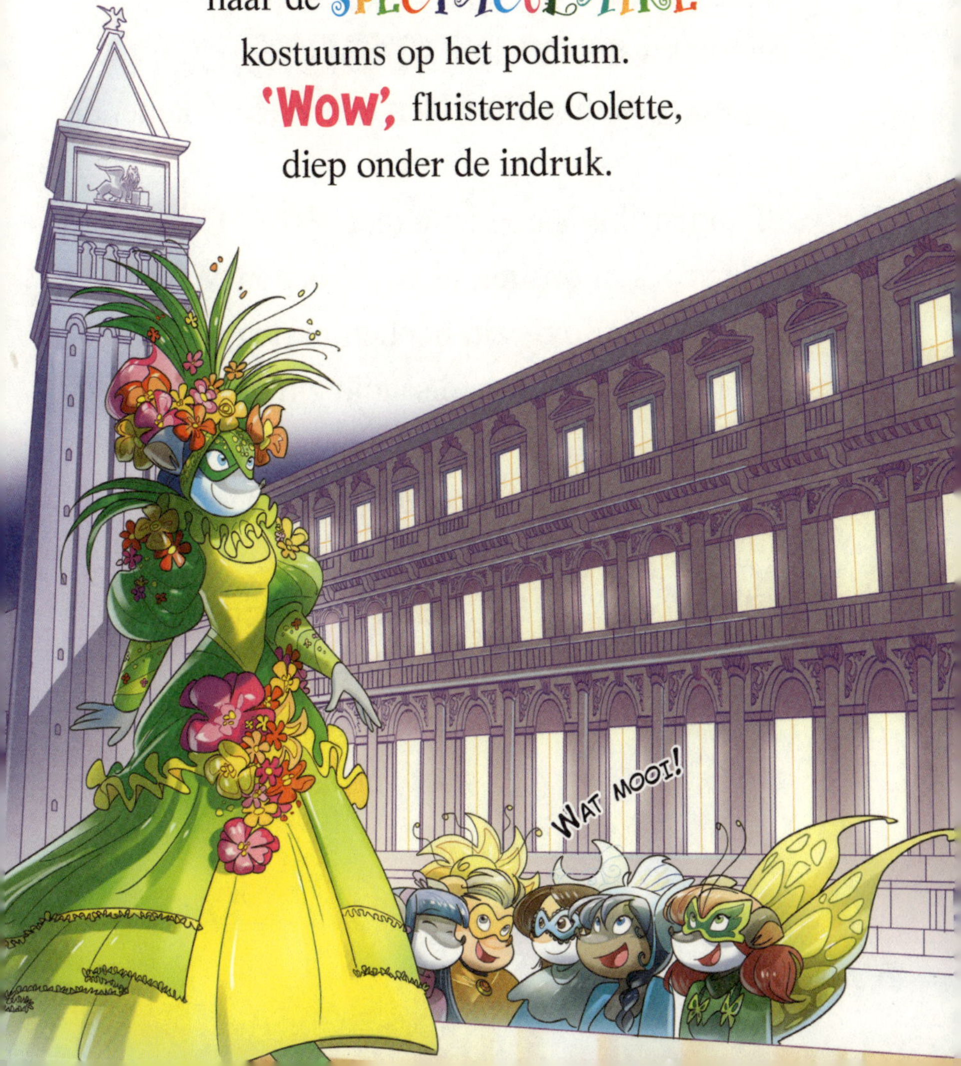

'Dit is wel wat anders dan een gewone mode-show, hè?' zei Pam geamuseerd.
Colette liep rood aan. 'Dit is eerlijk gezegd de GAAFSTE modeshow die ik ooit gezien heb!'
Nicky gaf haar gelijk: 'Ik wou dat er geen einde kwam aan deze AVOND!'
Marco en Elisa wisselden een veelbetekenende blik.
'O, maar hij is nog lang niet VOORBIJ. We vroegen ons net af of ...' begon Marco.
'... of jullie soms zin hebben in nog een verrassing', maakte Elisa zijn zin af.

'Maar misschien zijn jullie wel te MOE', besloot haar broer plagerig.
'Kom op, laat ons niet in SPANNING zitten!' barstte Paulina los. 'Wat voor verrassing?'

'Een FEEST', zei Marco enthousiast.
'Een feest?! Daarvoor zijn we nooit te moe. We zijn zo fris als een hoentje en we barsten van de energie!' riep Colette, die enthousiast in haar poten klapte.
Iedereen barstte in lachen uit en Elisa zei: 'Een paar vrienden van mijn vader houden een gemaskerd bal in een oud *palazzo* bij het *Canal Grande.*'
Maar Pam liet haar de zin niet eens afmaken.
'Waar wachten we nog op?

KOM, NAAR DE BOOT!'

Een onverwachte wending

Een half uur later kwamen de Thea Sisters, Marco en Elisa AAN bij een elegant *palazzo* dat speciaal voor de gelegenheid spectaculair was versierd.

Toen ze de grote balzaal in liepen, konden ze hun ogen amper GELOVEN: ze zagen wel honderd genodigden, allemaal in schitterende kostuums.

'Kijk Marco, DAAR is papa!' riep Elisa. 'Zou hij nog boos zijn?'

'Dat denk ik niet. Hij is vast blij om ons te zien', stelde Marco haar gerust.

Aan de andere kant van de zaal ZAGEN de Thea Sisters een als edelmuis vermomde knager:

het was inderdaad de **politie-inspecteur** die eerder op de avond voor hen had gekookt.
'Wie is die elegante **muizin** met wie hij staat te praten?' vroeg Colette.
De inspecteur was in gesprek met een knaagster in een kostbare fluwelen japon.
Ze droeg een **ingewikkeld** hoedje dat met ijssterren was versierd.
'Dat is de gastmuizin, een oude **vriendin** van papa', antwoordde Elisa.
'Ze is verkleed als **IJSPRINSES.**'
'Wat een **cool** hoedje!' merkte Colette op.
'Zullen we wat foto's nemen, Coco?' suggereerde Paulina.

'Misschien kunnen we wat ideeën opdoen voor onze cursus aan de mode-academie.'

Maar toen gebeurde er iets ONVERWACHTS.

De grote KRISTALLEN kroonluchters doofden abrupt, zodat iedereen in het DONKER stond. Het gepraat en de muziek stopten meteen.

'Wat zou er aan de poot zijn?' fluisterde Elisa BEZORGD, terwijl ze op de tast haar vrienden zocht.

'Duizend schroefbouten op een rij! Waar ...' begon Pam, maar voor ze haar zin kon afmaken, schreeuwde een knaagster: 'Aaah!'

Het licht floepte ineens weer aan. Midden op de dansvloer stond de gastmuizin. Ze hield haar poten op haar kop en stond wanhopig te gillen. Haar mooie hoedje was WEG!

Terwijl de Thea Sisters snel op haar af renden, barstten de reacties in de rest van de zaal los:

'Het was ineens weg!'

'Dit lijkt wel goochelarij!'
'Wie zou de dader zijn?'
Nicky wees naar de reusachtige kroonluchter: die hing precies boven de kop van de knaagster en de kristallen tinkelden zachtjes, want een van de ramen stond WIJD open!
Toen plukte de *muizin* iets uit de lucht wat naar beneden kwam dwarrelen: een **SPEELKAART** met een hoge hoed erop!

WAT IS ER AAN DE POOT?
AAAH!
KIJK DAAR!

Nieuwe aanwijzingen

Nicky staarde naar de speelkaart in haar poten. 'Dit is alweer het werk van de MYSTERIEUZE dief', zei Paulina, die bij het groepje was komen staan.

Violet richtte zich tot de gastmuizin, die BEDRUKT op een stoel zat. 'Zou u ons willen vertellen wat er precies gebeurd is? Misschien kunnen we iets voor u doen.'

De knaagster slaakte een diepe zucht. 'Ik eh… ik heb echt niets gemerkt. Ineens ging het licht uit en toen hoorde ik iets vreemds.'

'Een soort GEFLADDER?' suggereerde Marco, die zich de woorden van de knaagster met de waaier herinnerde.

'Inderdaad, ja! Hoe weten jullie dat?' reageerde de gastmuizin verbaasd.
Op dat moment kwam de inspecteur AAN-LOPEN. 'Waar zijn jullie mee bezig?' vroeg hij nors.
'We stellen gewoon een paar vragen', zei Marco. 'Om uit te zoeken hoe haar hoed is GESTOLEN.'

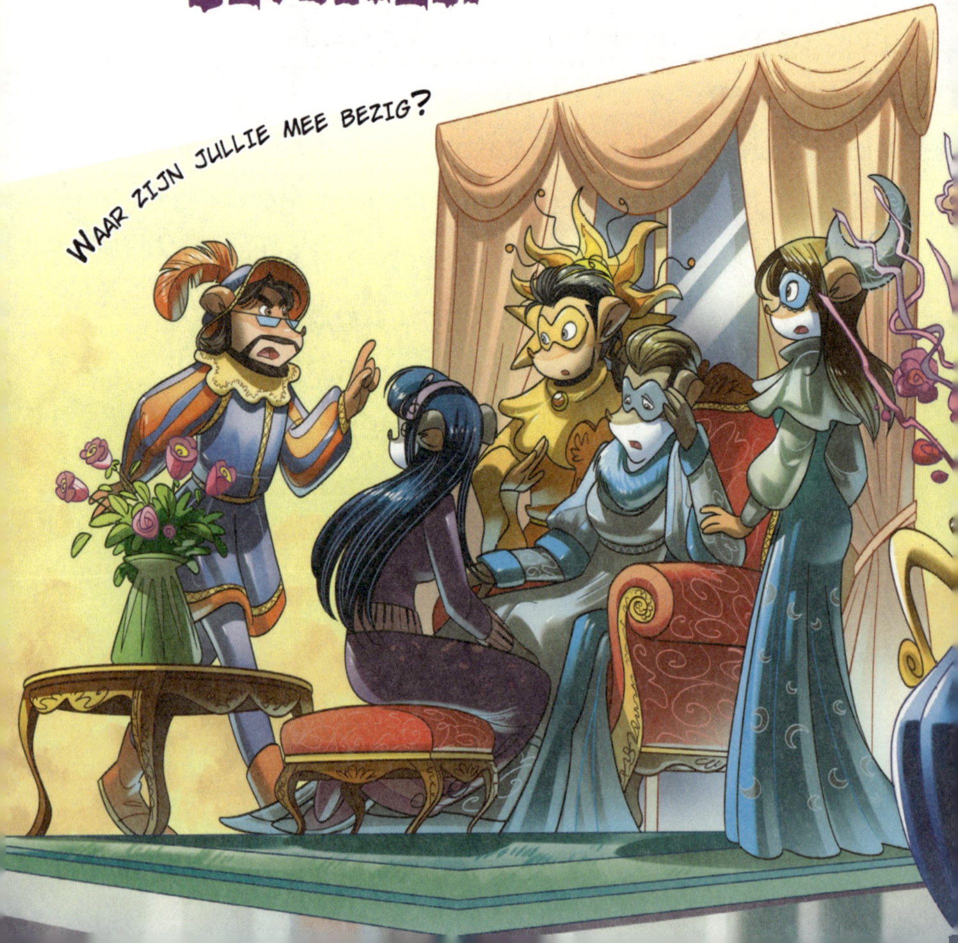

Zijn vader schudde zijn kop. 'Ik heb jullie verboden je hiermee te bemoeien. Het zou weleens GEVAARLIJK kunnen worden!'

'Maar pap ...' probeerde Elisa voorzichtig.

'Ik wil er NIETS meer over horen! En nu wegwezen, zodat ik hier de vragen kan stellen.'

De vrienden DROPEN beteuterd af.

Toen ze weer thuis waren, had niemand ZIN om te gaan slapen. De vragen stapelden zich op. Ze gingen in de woonkamer zitten om alles nog eens op een rijtje te zetten.

'Tot nu toe hebben we nog maar weinig AANWIJZINGEN', begon Paulina.

'Ja, de duidelijkste is de SPEELKAART met de hoge hoed', zei Marco.

'Wat zou dat betekenen?' vroeg Pam.

'Het is vast een soort poottekening, een handelsmerk', gokte Colette. 'Alleen helpt het ons niet echt verder.'

'En dan is er nog het GEFLADDER', zei Elisa.
'En het OPEN raam', vulde Violet peinzend aan.
Pam geeuwde. 'Ik weet niet hoe het met jullie zit, maar ik ben kapot. Laten we morgen verder praten over onze MYSTERIEUZE dief, het liefst na een lekker ontbijt!'
'Als zelfs Pam geen ENERGIE meer heeft, is het de hoogste tijd om te gaan slapen', zei Marco geamuseerd.
Hij sprong op en stootte per ongeluk tegen een tafeltje waarop allerlei PAPIEREN, boeken en dossiers van zijn vader lagen. De inhoud van de gele map die de inspecteur hen

eerder die avond had laten zien, VIEL op de grond.
'Wat een ongelofelijke KLUNS ben jij', plaagde Elisa haar broer.
Violet begon alles SNEL op te ruimen.
Toen ze de foto van het pauwenmasker zag, vroeg ze: 'Wat is Murano eigenlijk?'
'Dat is een PLEK niet ver hiervandaan', zei Elisa.
'Is dat niet het eiland dat beroemd is om zijn GLASWERK?' vroeg Colette. 'Ik denk dat ik daar in Paulina's reisgids iets over heb gelezen.'
'Dat klopt', antwoordde Elisa. 'Het is een van de plekken die we jullie absoluut willen laten ZIEN.'

'Muizinnen, ik heb een idee!' riep Marco opeens. 'Wat zouden jullie ervan vinden om tijdens ons uitstapje naar Murano wat **SPEURWERK** te verrichten?'
'Huh?' reageerde Pam slaperig.
Marco glimlachte. 'Ik leg het morgen wel uit.'

Een verborgen handelsmerk

De volgende ochtend waren de Thea Sisters al vroeg uit de veren.
Het plan van Marco was heel simpel: tijdens hun uitstapje naar **Murano** zouden ze, omdat ze daar dan toch al waren, de eigenaar van het **pauwenmasker** opzoeken om hem wat vragen te stellen.
Alleen Elisa was niet enthousiast.
Op de *vaporetto** die hen over het **WATER** naar hun bestemming bracht, zei ze tegen haar broer: 'Kunnen we niet gewoon het eiland bezoeken? Onze vriendinnen zijn hier om een leuke tijd te hebben, niet om **SPEURWERK** te verrichten.'
'Maar niemand is **BETER** in het oplossen van

* Een *vaporetto* is een gemotoriseerde boot die als openbaar vervoer dienst doet: een soort waterbus!

dit soort zaken dan zij!' wierp Marco tegen. Met een brede grijns draaide hij zich om naar de Thea Sisters. 'Waar of niet, muizinnen?'

'We zijn inderdaad DOL op mysteries', gaf Violet meteen toe. 'Maar Elisa heeft gelijk: laten we gewoon wat leuke dingen gaan bekijken. Ik wil niet dat jullie PROBLEMEN krijgen met jullie vader.'

'Ik ga hier trouwens niet weg voor ik het Glasmuseum heb gezien!' mengde Colette zich in het gesprek.

'Zie je wel', zei Elisa. 'Ik vind dat we de muizinnen hun zin moeten geven.'

'Goed dan', zei Marco met tegenzin. 'Eerst een paar plekken bezoeken en dan … toch een beetje SPEURWERK!'

Pam barstte in lachen uit. 'Jij bent echt onverbeterlijk!'

Intussen gaf Elisa de vriendinnen wat meer uitleg: 'Murano bestaat uit ZEVEN kleine eilandjes die door bruggen met elkaar zijn verbonden en is WERELDBEROEMD om zijn glaswerk. Onze eerste stopplaats heeft daar alles mee te maken.'
Bij de volgende halte stapten de vrienden uit de *vaporetto* en liepen naar een glasfabriek.
'Hier zie je de beroemdste glasblazers van Venetië aan het werk', vertelde Marco. 'Kom maar mee, het is echt indrukwekkend.'
Een paar ogenblikken later stonden ze verrukt te kijken naar een knager die heel behendig een klomp GLOEIEND glas aan het bewerken was.
De Thea Sisters hielden hun adem in terwijl hij het glas met rattenrappe bewegingen liet ronddraaien om er een prachtige vaas van te maken.
'Wat knap!' riep Pam, die haar ogen niet van de schitterende voorwerpen kon afhouden die de knager maakte.

MOET JE KIJKEN!

WAT KNAP!
DIT IS EEN ERVAREN GLASBLAZER!

'En dit is nog niet alles', zei Marco. 'Wacht maar tot jullie het Glasmuseum **ZIEN.'**
Toen ze een poosje later door de zalen van het museum liepen, zei Elisa: 'De verzameling glaswerk die hier is tentoongesteld is uniek.'

'Pfoe!' riep Pam, die zich nauwelijks durfde te VERROEREN. 'Ik voel me hier niet zo op mijn gemak. Stel je voor dat ik struikel en iets omgooi!'

'Dat zou echt een RAMP zijn: van elk exemplaar is er maar één', zei Marco plagerig.

'AAAH!'

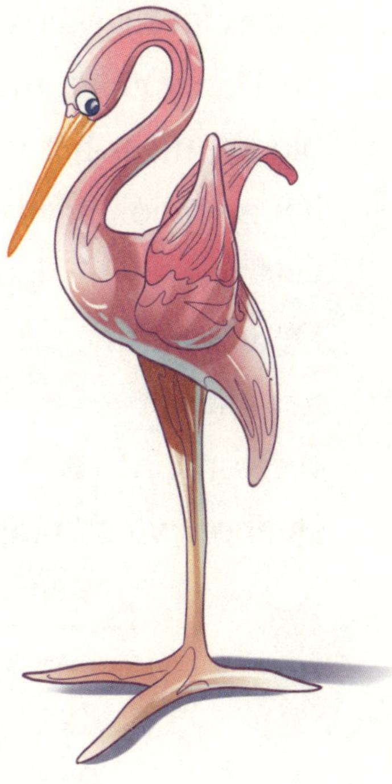

riep Colette plotseling.

'Coco, wat is er? Heb je je bezeerd?' riep Pam, die geschrokken op haar vriendin af rende. 'Je hebt toch niets GEBROKEN?'

'Natuurlijk niet! Maar heb je die schattige flamingo van ROZE GLAS al gezien!' piepte ze. 'Hij is echt gi-ga-gaaf!'

Pam slaakte een diepe zucht. ‘Coco, het is ook altijd hetzelfde liedje met jou.’

Ze liep naar de volgende zaal. Op een gegeven moment kwam ze bij een vitrinekastje met een glazen **masker** erin. Het masker was eigenlijk heel eenvoudig, met aan één kant een **ROZE** bloem, maar het viel haar meteen op omdat het zo mooi afgewerkt was. ‘Kom eens kijken, wat **mooi!**’ riep ze.

De vriendinnen dromden om de vitrine om het masker te bekijken. Toen zei Violet verwonderd: ‘Kijk daar eens! Zien jullie dat symbool vlak onder de bloem?’

‘Wat voor **SYMBOOL?**’ vroeg Paulina. ‘Bedoel je dat kleine zonnetje?’

‘Precies ja! Ik heb het gevoel

dat ik dat al eens eerder heb gezien, maar ik weet niet meer waar.'

'OP DE GESTOLEN MASKERS!' riep Paulina ineens.

'Welke maskers?' vroeg Elisa verward.

Maar Marco wist wat ze bedoelde. 'De maskers en het kostuum op de foto's van papa. Nu je het zegt, dat zonnetje is mij toen ook opgevallen.'

'Je hebt gelijk', zei Elisa, die het wat beter bestudeerde.

'Maar hebben jullie enig idee wat het betekent?'

'Het is misschien wel het handelsmerk van de maker?' gokte Violet. Ze las snel het onderschrift op de vitrine. 'Kijk, hier staat het: hij heette BERTO DEL BON.'

Paulina greep meteen naar haar telefoon om het op te zoeken. 'Hier heb ik het! Berto Del Bon leefde in de achttiende eeuw. Hij maakte maskers en carnavalskostuums voor de

BELANGRIJKSTE families van de stad. Hij was muizinnig geliefd, maar toen hij op een dag een rijke knager beledigde, moest niemand meer iets van hem hebben en raakte zijn naam in de VERGETELHEID.'

'Wat zou hij hebben gedaan om zo'n lot te verdienen?' vroeg Colette NIEUWSGIERIG.

Paulina las verder: 'Naar het schijnt, woonde hier in die tijd een rijke handelaar die zijn spullen niet aan ARME knagers wilde verkopen.

Toen hij aan Berto vroeg om een duur pauwenmasker voor hem te ontwerpen, maakte die er één van een KALKOEN; het meest ijdele en zelfingenomen dier dat hij kon verzinnen.'

'Toen Berto hem het masker bracht, was de handelaar zo woest dat hij uit wraak zwoer ervoor te zorgen dat de naam BERTO DEL BON voor altijd zou worden vergeten.'

'Maar dat is toch niet eerlijk?!'

riep Colette verontwaardigd uit.

'Je hebt gelijk', zei Marco. 'Maar nu hebben we eindelijk een nieuwe aanwijzing!'

'Dat is waar!' vond Violet. 'Nu weten we dat de mysterieuze dief alleen creaties van BERTO DEL BON steelt!'

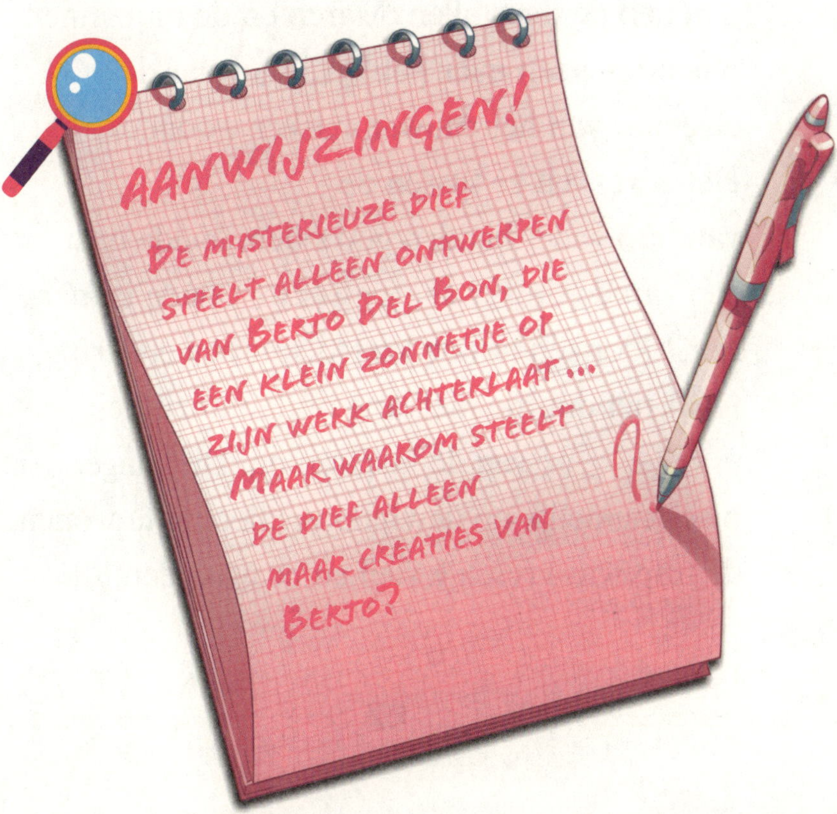

Aanwijzingen bij de thee

Nu ze wisten wat de GESTOLEN voorwerpen met elkaar verbond, konden ook de Thea Sisters aan niets anders meer denken dan aan de diefstallen. Marco en de muizinnen wilden meteen naar het **HUIS** waar de eigenaar van het pauwenmasker woonde.
Het adres dat ze tussen de DOCUMENTEN van hun vader hadden gevonden, leidde naar een van de **schilderachtige,** oude *palazzi.* Eerst klonken er nog kreten van bewondering, maar het duurde niet lang of de muizinnen **HIJGDEN** van de inspanning. De knager bleek namelijk op de vijfde verdieping te wonen, de trap was vreselijk steil en er was geen lift!

‘In een stad als Venetië **... HIJG ...**
is speurwerk **... HIJG ...**
wel heel vermoeiend’, zuchtte Colette, terwijl Nicky, **SPORTIEF** als altijd, de rest bovenaan de **TRAP** aanmoedigde.

Toen iedereen boven was, klopte Marco aan. Nog geen drie tellen later werd de deur geopend door een kleine, oude knager in een uilenpak!

Zijn witte haardos was nauwelijks te onderscheiden van de veren op zijn hoed.
De Thea Sisters staarden hem VERBLUFT aan.
'Eh... hallo', begon Marco schuchter.
'Wij onderzoeken de DIEFSTAL van een pauwenmasker waarvan u de eigenaar schijnt te zijn ...'
'Dat klopt', zuchtte de knager.

'Zouden we u een paar VRAGEN mogen stellen?' vroeg Pam.
De knager knikte. 'Maar natuurlijk.
Ik ging net thee zetten. Ik haal snel …'
RATTENRAP telde hij het aantal gasten.
'Zeven extra kopjes!' gniffelde hij tevreden.
Een van de muren van de gezellige zolderkamer werd compleet in beslag genomen door een verzameling kostbare carnavalskleding.
Terwijl de anderen al ROND de tafel gingen zitten, liep Colette naar de kostuums.
'Wat leuk! Het zijn allemaal vogelpakken', merkte ze op.
De oude knager, die intussen thee had gezet, glimlachte. 'Dat heb je heel goed gezien. Ik verzamel al veertig jaar vogelkostuums.
Mijn nieuwste aanwinst is een uilenpak.'
'Eh… het staat u uitstekend, hoor …'
GIECHELDE Colette.
'O, wat verstrooid van me! Ik heb het nog aan!

Ik was het net aan het passen.'

'Zo zit het dus!' riep Pam. 'Ik dacht al dat u er altijd zo bij liep.'

Nicky stootte haar stiekem aan en fluisterde: 'Pam, doe niet zo **ONBELEEFD!**'

Toen liep ze naar Colette en wees naar een kostuum waarvan het masker ontbrak.

'Hoorde het **pauwenmasker** bij dit pak?' De knager begon de thee in te schenken en zei: 'Ik was door het **dolle** heen toen ik het onlangs op de rommelmarkt vond. Het is gemaakt door een relatief onbekende, maar erg **getalenteerde** achttiende-eeuwse ontwerper.'

'BERTO DEL BON!' riep Paulina spontaan. 'Inderdaad! Ik wilde het voor het carnaval aantrekken, maar toen ik het thuis paste ...'

'Wat gebeurde er toen?' vroeg Pam, die zich amper kon inhouden.

'Er werd aan de deur geklopt. Ik SCHROK, want ik krijg bijna nooit onverwacht bezoek. Maar toen ik de deur opendeed ...'

'Was er niemand?' suggereerde Violet.

'Precies! Alleen lag er wel iets op de mat. Een klein glimmend voorwerp. Ik wilde me bukken om het op te rapen ...'

'Maar toen was het ineens weg?' giste Nicky.

'Net als het masker?' ging Paulina verder.

'Zo is het inderdaad gegaan. Hoe weten jullie dit allemaal?'

'De andere DIEFSTALLEN zijn ook zo gepleegd', legde Marco uit.

Toen vroeg hij: 'Hebt u toevallig ook een SPEELKAART op de deurmat gevonden?'

De knager knikte en haalde de kaart uit een lade.

'En er was nog iets', zei hij.

'U hebt GEFLADDER gehoord', gokte Elisa.

'Nee, dat niet. Al hoor ik natuurlijk niet meer zo goed. Maar met mijn ogen is er niets mis.'

'Bedoelt u … hebt u de dief GEZIEN?!'

riep Marco, die meteen opsprong en zijn stoel bijna omvergooide.

De knager schudde zijn kop. 'Nee, maar ik zag deze veer in het trappenhuis naar beneden dwarrelen.'

Uit dezelfde lade haalde hij de veer tevoorschijn.

'Een grote zwarte veer …' mompelde Pam verbaasd.

'Is u verder nog iets opgevallen?' vroeg Marco.
De knager schudde opnieuw zijn kop. 'Nee, het **SPIJT** me.'
'Dat geeft niet. U hebt ons geweldig geholpen', zei Violet. Ze namen afscheid.
'Ik hoop dat jullie de zaak **OPLOSSEN** en mijn masker terugvinden!' riep de knager hen nog na.

Wie is de dief?

Terwijl ze met de *vaporetto* naar Venetië terugkeerden, zetten de vrienden nog eens op een rijtje wat ze al over de dader wisten.

- Hij steelt alleen creaties van BERTO DEL BON.
- Hij lijkt elke keer toverkunst te gebruiken.
- Hij laat een SPEELKAART met een hoge hoed erop achter.
- Hij heeft ook een ZWARTE VEER verloren.

Violet was de enige die de hele tijd had GEZWEGEN, maar nu sprong ze plotseling op. 'Ik weet wie de dief is!'

'Wát?' riepen haar vrienden ONGELOVIG.
'Laat ik het anders zeggen', verbeterde ze zichzelf. 'Ik bedoel natuurlijk niet wíe de dief is, maar voor wie hij zich uitgeeft. Denk eens even na; wat voor iemand draagt meestal een HOGE HOED? Ik geef jullie een kleine tip: hij haalt weleens een verdwijntruc uit.'
'Maar natuurlijk! De mysterieuze dief is een goochelaar!' zei Pam.
'En die ZWARTE veer dan?' vroeg Colette.
'Hij heeft vast een zwarte vogel bij zich, misschien wel een kraai ofzo', zei Violet.
'Eh, sorry dat ik jullie enthousiasme moet TEMPEREN', zei Elisa. 'Maar het helpt ons toch geen meter verder om te weten dat de DIEF zich als goochelaar verkleedt?'
'Misschien helpt het ons om hem te vinden', zei Marco stralend.
'En misschien helpt het jullie vader ook bij zijn ONDERZOEK', voegde Violet eraan toe.

Elisa zuchtte. 'Het enige wat ik zeker weet, is dat we een flinke UITBRANDER krijgen.'

En gelijk had ze. Die avond luisterde de inspecteur eerst zwijgend naar hun verhaal, maar zodra ze hem alles hadden verteld, BARSTTE hij los: 'Jullie hebben niet naar mij geluisterd, terwijl ik jullie GEWAARSCHUWD had om jullie niet met deze zaak te bemoeien!'

'Maar pap, wij kunnen toch ook nuttige dingen ontdekken. Kijk eens hoeveel aanwijzingen we al hebben verzameld!' protesteerde Marco.

'Aanwijzingen?!' reageerde zijn vader fel. 'Wat VAGE feiten waarvoor jullie zomaar bij een onbekende hebben aangeklopt, bedoel je! Wat als die goochelaar nu eens GEVAARLIJK is?'

'We wilden alleen maar ...' stamelde Elisa.

'Het is net zo goed onze schuld, inspecteur', zei Pam ZACHTJES. 'We hebben ons teveel laten meeslepen terwijl we naar u hadden moeten luisteren.'

De vader van Marco en Elisa zuchtte diep. 'Goed, ik zal het hier voorlopig bij LATEN. Op voorwaarde dat jullie mij beloven ermee op te houden. Vanaf nu gaan jullie net als alle andere jonge knagers van het CARNAVAL genieten. Doen jullie dat niet, Marco en Elisa, dan krijgen jullie huisarrest.'

'Wat?' protesteerde Marco. Maar zijn vader deed alsof hij hem niet hoorde. 'Ik LOOP snel even langs het politiebureau om de inlichtingen die jullie verzameld hebben te controleren. Maar jullie zijn gewaarschuwd: ik hou jullie in de gaten', riep hij nog

terwijl hij zich al naar buiten haastte.
Elisa zuchtte. 'Ik wist het. Hij is echt woest! We hadden naar hem moeten luisteren.'
De Thea Sisters probeerden hun vriendinnetje op te vrolijken. Intussen ging Pam op zoek naar Marco, die zich met een SIPPE snuit uit de poten had gemaakt.
Ze vond hem in zijn kamer, die hij fanatiek aan het opruimen was.
'Mag ik even BINNENKOMEN?' probeerde ze voorzichtig.
'Mijn vader is zo'n STIJFKOP! Als hij ergens een mening over heeft, dan moet het ook zo gebeuren!' was zijn enige barse antwoord.
'Dat doet me denken aan iemand die ik ken', zei Pam geamuseerd.
'Wie dan?'
'Even kijken, iemand die altijd bereid is zijn ideeën te verdedigen en ons naar het andere eind van de stad mee te SLEPEN om een

spoor te kunnen volgen', begon de muizin.
Nu moest Marco toch wel glimlachen.
'Je hebt een punt, ik lijk wel een beetje op mijn vader. Maar toch zou ik willen dat hij af en toe eens naar me luisterde.'
'Dat komt nog wel. Ik DENK dat hij je gewoon nog te jong vindt om al speurwerk te verrichten.'
'Wacht maar. Ooit zal ik hem verbazen: dan zal hij wel TROTS op me moeten zijn.'
'Wedden dat hij dat nu ook al is?'
'Wie weet ...' zuchtte Marco.
'Kom op, we mogen onze HEERLIJKE VAKANTIE niet laten bederven door gepieker!'

Een wel heel bijzondere klant

De volgende dag bezochten de vrienden het centrum van Venetië: het Dogepaleis, de basiliek van *San Marco* en *Ca' Rezzonico,* waar Violet de prachtige achttiende-eeuwse **beeldhouwwerken** en schilderijen kon bewonderen. Daarna gingen ze shoppen.

Colette wilde graag souvenirs uitzoeken voor hun vriendinnen op het college. Ze kocht wat glazen diertjes, een paar kleine Venetiaanse maskertjes en een dik pak postkaarten. 'Allemachtig Coco, als het op SHOPPEN aankomt, ben jij echt niet te stoppen!' plaagde Nicky haar. Het muizinnetje glimlachte TROTS.

'Nu alleen nog iets vinden voor mijn vriendin uit Parijs.'

'Kijk daar eens wat een mooie winkel', zei Pam. Ze wees naar een kleine etalage vol KLEURRIJKE vlinders waar ook een mooi zwart pak met een lange cape en een HOGE HOED in stond. In de etalage hing een dik fluwelen gordijn waardoor ze

de WINKEL erachter niet konden zien.
'Misschien vind je hier wel iets APARTS', suggereerde Pam.
Colette bestudeerde de etalage nog eens.
'Kom, we gaan BINNEN een kijkje nemen.'
Toen ze de kleine ruimte in liepen, merkten ze meteen dat het geen doorsnee souvenirwinkeltje was. Behalve zwarte capes en HOGE HOEDEN zagen ze dozen met dubbele bodems, hoepels en toverstokjes.

'Wacht eens even', begon Violet. 'Volgens mij is dit ...'

'... de BESTE goochelwinkel van de hele stad', maakte een schrille stem achter hen haar zin af.

Uit een achterkamertje kwam een lange magere knager, die zich met een diepe BUIGING aan hen voorstelde. 'Aangenaam kennis te maken! Ik ben Carlo, de eigenaar van Het Witte Konijn. Welkom!'

'Bedankt', reageerde Marco verward. Het was echt een hele rare winkel. 'Eh... ik ben bang dat we ons vergist hebben.'

'Kijk daar eens', onderbrak Colette hem opeens. Ze wees naar een tafeltje waar tussen een heleboel andere goochelaarsattributen een stapeltje SPEELKAARTEN lag met een hoge hoed erop.

'DAT ZIJN DE KAARTEN VAN DE DIEF', fluisterde Elisa.

Violet wendde zich tot Carlo: 'Neemt u mij niet kwalijk, maar kunt u misschien vertellen waar die **VREEMDE** speelkaarten op het tafeltje voor dienen?'
'Die daar? Die heb ik speciaal laten maken voor een heel **BIJZONDERE** klant.'
De vrienden keken elkaar vol ongeloof aan; stonden ze op het punt om de identiteit van de

MYSTERIEUZE dief te ontdekken?
Vol spanning vroeg Marco: 'Kunt u ook beschrijven hoe die klant eruitziet?'
Carlo glimlachte. 'Even kijken, hij heeft kraaloogjes en hele mooie zwarte veren.'
'Wilt u soms beweren ... Is uw klant ...' stamelde Elisa.
'Een VOGEL!'

Een spectaculaire boodschap

Toen ze de winkel weer uit liepen, werden de vrienden door het FELLE zonlicht verblind.
'Duizend schroefbouten op een rij.
Zou die vogel de dief kunnen zijn?' vroeg Pam, terwijl ze verder wandelden.
'Zou kunnen', antwoordde Violet. 'Maar ik denk eerder dat de DIEF hem heeft afgericht. Misschien leidt de vogel de slachtoffers wel af door iets glimmends te laten vallen, zodat niemand de goochelaar opmerkt.'
Elisa had de hele tijd gezwegen. Maar toen ze het San Marcoplein op liepen, mengde ze zich weer in het gesprek. 'Het mysterie wordt alsmaar ingewikkelder. Toch wel jammer dat papa ons

VERBODEN heeft deze zaak te onderzoeken.'
'Je hebt de smaak dus ook te pakken, zusje', reageerde Marco met een brede grijns.
'Ik bedoel gewoon dat ik wel zin heb om …'
Maar op dat moment begon de **KLOKKENTOREN** op het plein zo hard te slaan, dat de vrienden elkaar niet meer konden horen.
'Huh, is het al middag?' **REAGEERDE** Pam, die naar de grote wijzerplaat keek. 'Dat kan toch niet? Mijn maag heeft nog niet eens **GEKNORD!**'
'Je hebt gelijk, hoor', zei Marco met een blik op zijn **HORLOGE**. 'Het is nog maar kwart over elf.'
Hij keek naar de toren. 'Ik heb het gevoel dat er iets aan de **POOT** is.'
En hij had gelijk. Meteen

daarna zagen ze, bij de leeuw vlak onder de klokken, een klein geel BALLONNETJE dat zichzelf langzaam begon op te blazen. Het werd groter en groter, tot het een gigantische ballon was. Alle knagers op het plein bleven staan om naar het vreemde schouwspel te KIJKEN. Overal klonk opgewonden gefluister.
'Wat gebeurt er?' vroeg Elisa.
'Ik ben bang dat we dat snel te weten zullen komen', antwoordde Violet. 'Kijk maar DAARBOVEN.'
Hoog in de lucht zagen ze een grote zwarte vogel met hoge SNELHEID op de ballon af vliegen. Toen hij hem met zijn snavel stuk prikte, stroomde er een reusachtige lading confetti uit. Tegelijkertijd werd op de klokkentoren een enorm spandoek afgerold dat helemaal tot beneden op het plein reikte.
Op het doek stond geschreven:

Kijk!
Ooo!
Wat gebeurt er?

ZIJN JULLIE KLAAR VOOR MIJN VOLGENDE VERWIJNTRUC? BIJ DE VLUCHT VAN DE ADELAAR ZAL HET MOOISTE KOSTUUM VAN MIJ ZIJN!
DAAR ZIT HIJ ACHTER!

ZIJN JULLIE KLAAR VOOR MIJN VOLGENDE VERDWIJNTRUC? BIJ DE VLUCHT VAN DE ADELAAR ZAL HET MOOISTE KOSTUUM VAN MIJ ZIJN!

'Weer de mysterieuze dief!' riep Elisa, die haar poten voor haar snuit sloeg.
'Hij kondigt zijn volgende DIEFSTAL op spectaculaire wijze aan', reageerde Paulina.
'We moeten hem vinden, hij is vast in de buurt', zei ze terwijl ze het drukke plein afspeurde. 'Maar waar?'
Violet schudde haar kop. 'Dat lukt nooit in deze menigte.

IK BEN BANG DAT WE IETS BETERS MOETEN VERZINNEN.'

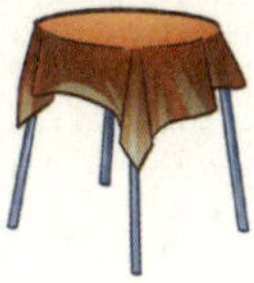

Wie is de dader?

Die middag zaten de vrienden in een koffiehuis in het centrum van de stad rond een tafeltje, om alles nog eens op een rijtje te zetten.
'Die VLUCHT VAN DE ADELAAR waar de dief het in zijn boodschap over heeft,' begon Colette, 'wat zou dat zijn?'
Paulina bladerde door haar reisgids. 'Volgens dit boekje is het een van de hoogtepunten van het CARNAVAL.'
Elisa en Marco knikten. 'Het carnaval van Venetië opent ieder jaar met de VLUCHT VAN DE ENGEL. Het is een oude traditie; een jonge knaagster springt vanaf de

klokkentoren van San Marco het plein op. Ze hangt natuurlijk wel aan een KABEL, zodat ze geen gevaar loopt.'

'WOW!' riep Nicky. 'Dat moet een unieke ervaring zijn voor die knaagster!'

'Ook voor de toeschouwers, hoor', zei Elisa.

'Gi-ga-gaaf ... maar hoe zit het dan met de Vlucht van de Adelaar?' vroeg Pam.

'Die vindt een week na de VLUCHT VAN DE ENGEL plaats en wordt pas sinds kort georganiseerd', zei Marco. 'Er komt een hoop volk op af. De dief wil vast gebruikmaken van het moment waarop iedereen omhoog KIJKT om dan zijn SLAG te slaan.'

Toen kwam de ober aanlopen met een gigantische portie goudbruine oliebollen met een dikke laag poedersuiker. 'Over oude tradities gesproken: dit zijn *frittelle,*

typische Venetiaanse lekkernijen die tijdens het carnaval worden gegeten', legde Elisa uit.
Ze zwegen even om van de HEERLIJKE zoetigheden te proeven, maar de stilte duurde niet lang; een paar minuten later hadden ze het alweer over de dief.
Twee van hen zeiden niets: Pam, die druk **OLIEBOLLEN** aan het eten was en Violet, die diep in gedachten verzonken leek.

'Alles oké, Vivi?' vroeg Coco.
Het muizinnetje **SCHROK** op.
'Ja hoor. Ik was aan het nadenken over de dief. Volgens mij moeten we inderdaad op zoek gaan naar knagers die als goochelaar zijn **vermomd.**'

Hoewel ze zich allemaal wel een goochelaarspak konden inbeelden, pakte Paulina voor de zekerheid toch haar tablet en begon foto's te zoeken.

Colette keek mee. 'Zwarte smoking, lange cape en HOGE HOED.'

'Volgens mij hebben ze ook een toverstok', mengde Elisa zich in het gesprek.

Nicky SCHETSTE voor de duidelijkheid een goochelaar op een servet dat op tafel lag.

'Jullie zijn nog iets vergeten', zei Pam, die net de laatste oliebol naar binnen propte.

Ze pakte Nicky's pen en begon er een grote KRAAI bij te tekenen.

'Natuurlijk, de vogel!' zei Marco.

'Wacht, volgens mij is het eerder een RAAF. Hier

staat dat die erg **groot** kunnen worden', zei Paulina, die nog steeds op haar tablet zat te kijken. 'Raven kunnen inderdaad afgericht worden. Het is niet makkelijk, maar het kan. Ze worden beschouwd als intelligente dieren. Ze staan erom bekend dat ze zelfs GEREEDSCHAP kunnen gebruiken; door met stokjes voedsel uit holtes te peuteren en met stenen noten te kraken bijvoorbeeld.

O sorry, ik dwaal een beetje af',

zei Paulina verontschuldigend.

'Haha, geeft niet, interessant om te weten!'

Pam tekende ondertussen een vliegende raaf naast de goochelaar.

'NU WETEN WE TENMINSTE WAT VOOR IEMAND WE ZOEKEN.'

In opperste staat van paraatheid

De volgende dagen zetten de vrienden hun bezoek aan Venetië voort en genoten ze van het **CARNAVAL.** Alleen waren ze met hun gedachten niet alleen bij al het moois dat ze zagen, maar ook bij de **MYSTERIEUZE** diefstallen.

Hoewel ze de hele tijd goed om zich heen keken, zagen ze niet één knager die zich als goochelaar had **vermomd.**

Toen drie dagen later het langverwachte moment van de ***Vlucht van de Adelaar*** was aangebroken, verkeerde de hele stad in opperste staat van paraatheid vanwege de aankondiging op het spandoek. Ook de vader van Marco en Elisa was voor dag en DAUW vertrokken om alle uithoeken van de stad te inspecteren en na te gaan of elke beveiligingseenheid wel op de juiste plek stond. De vrienden sliepen die dag lekker uit en genoten daarna in de keuken van een heerlijk ontbijt.

Maar het bleef stil rond de tafel: iedereen dacht aan de spectaculaire diefstal die de MYSTERIEUZE dief had aangekondigd.

'Pfff,' zuchtte Elisa, 'dat hele gedoe is zo langzamerhand onze vakantie aan het verpesten!'

Marco knikte. 'Dat kun je wel zeggen. Kijk eens hoe BETEUTERD jullie erbij zitten. En we hadden net zo'n leuke verrassing voor jullie.'

'Wat voor verrassing?'

'We hebben kaartjes voor het San Marcoplein: niet alleen voor de **Vlucht van de Adelaar**, maar ook voor de prijsuitreiking van de **KOSTUUMWEDSTRIJD!'**

'Muizinnig, hè!' zei Elisa enthousiast. 'We hebben plaatsen vlak bij het grote podium, zodat we de kostuums van **DICHTBIJ** kunnen zien.'

De muizin keek op haar horloge. 'We moeten trouwens opschieten: de eerste show start al om elf uur, meteen daarna volgt de Vlucht van de Adelaar en om drie uur is er nog een tweede show.'

'WAAR WACHTEN WE NOG OP?' riep Pam vrolijk. 'Laten we gaan!'

Toen ze op het plein aankwamen, zochten de vrienden meteen een zitplaats vlak bij het podium. Ze zaten nog maar net toen de voorstelling begon. Het was de meest indrukwekkende show die ze ooit hadden gezien. Knagers uit de hele wereld paradeerden in traditionele, sprookjesachtige, EXTRAVAGANTE of gewoon grappige kostuums.

Eerst zagen ze een knager die als eend was verkleed, gevolgd door een jonge knaagster in een drakenpak, samen met een groep als VLAMMETJES vermomde knagers. Na hen volgde er een lange reeks adellijke KNAGERS en KNAAGSTERS, koningen en koninginnen en nog veel meer prachtige KOSTUUMS.

Toen de eerste voorstelling was afgelopen, werd het podium ingenomen door dansers en jongleurs, die elkaar bleven **afwisselen** tot het eindelijk tijd was voor de Vlucht van de Adelaar. Er daalde een

onwerkelijke **STILTE** neer over het grote plein. Boven op de klokkentoren verscheen een jonge knager in een pak van blauwe veren. Overal klonken kreten van bewondering.

Terwijl de adelaar langzaam naar **BENEDEN** werd gelaten aan een kabel die hoog boven het publiek over het plein was gespannen, zag Pam vanuit haar ooghoek iets wat haar aandacht trok. 'Hé, **KIJK** daar eens!'

In een hoek van het **PLEIN,** half verscholen achter een zuil, stond een knager in een goochelaarspak. Terwijl alle blikken op de adelaar waren gericht, hield de goochelaar de zijkant van

het **PODIUM**, waar de deelnemers van de kostuumwedstrijd stonden, nauwlettend in de gaten.

'HIJ IS HET!' riep Colette. **'IK WEET HET ZEKER!'**

De Thea Sisters, Elisa en Marco wisselden een snelle blik. Toen sprongen ze op en liepen in de richting van de zuilengalerij, vastbesloten om de

MYSTERIEUZE DIEF

in de kraag te vatten.

Een ijskoude duik

De vrienden waren al vlak bij de goochelaar toen die het plotseling op een LOPEN zette. Marco aarzelde even, maar ging toen vastbesloten achter hem aan, op de poot GEVOLGD door Elisa en de Thea Sisters.

'Waarom ... PUF ... rent hij ... HIJG ... zo hard?' vroeg Pam, naar adem happend.

'Hij heeft vast gemerkt dat we achter hem aan zitten', hijgde Colette.

De goochelaar ging er inderdaad als een SPEER vandoor, terwijl de vrienden werden opgehouden door de menigte.

Maar niet ver van het San Marcoplein kon Nicky hem inhalen. Ze wist hem VAST te grijpen,

maar hij rukte zich los, en het muizinnetje bleef achter met een stuk van zijn CAPE in haar poot. 'Hij ging die kant op!' riep Elisa en ze wees in de richting waarin de goochelaar was verdwenen. De vrienden zetten opnieuw de ACHTERVOLGING in. De knager holde snel en vastberaden langs het water. Buiten adem schreeuwde Marco: 'Als we zo doorgaan, eindigen we straks nog op *Sant'Elena**.' Maar op dat moment sloeg de goochelaar RECHTSAF. Hij haastte zich naar een kade waar een aantal gondels lag aangemeerd. 'Hij wil over het water vluchten!' riep Marco meteen.

* *Sant' Elena* is een van de vele eilanden waar Venetië op gebouwd is. Het ligt in het uiterste oosten van de stad.

Dat liet Nicky zich geen twee keer zeggen. Ze trok een snelle **SPRINT** en vatte de goochelaar in de kraag. Alleen schrok hij zó dat hij struikelde en in het **water** viel.
'Kijk uit!' gilden de Thea Sisters.
Gelukkig kwam de knager meteen weer boven. Hij was **DRIJFNAT** en compleet overdonderd. Nicky hielp hem om zo snel mogelijk uit het ijskoude water te klauteren. Colette en Elisa gingen intussen op zoek naar iets om de **DRENKELING** mee op te warmen.
Terwijl de anderen controleerden of alles in orde was met de knager, zei Pam: 'Eindelijk hebben we je te **PAKKEN.'**
De goochelaar sperde zijn ogen wijd open.
'Huh? Wat?'
'Hou je maar niet van de **DOMME'**, reageerde Marco geïrriteerd. 'We weten wie je bent!'
'Wie ik ben? Wat bedoelen jullie daarmee? **WAT WILLEN JULLIE VAN ME?'**

'Dat je de diefstallen opbiecht', antwoordde Paulina.

'Diefstallen? Wat voor diefstallen? **HATSJOE!**'

Op dat moment arriveerden Elisa en Colette, die in een hotel in de buurt **HULP** waren gaan vragen.

Ze hadden een thermoskan met hete thee en een warme deken bij zich, waar ze de knager meteen in wikkelden.
'Dank je', zei de goochelaar met een klein stemmetje.
Toen hij wat was opgeknapt, zette hij zijn masker af. Hij leek een **DOODGEWONE** knager net als zij, van streek en in de war door de onverwachte duik.

Pas toen drong het tot de Thea Sisters door dat ze hem al eens **EERDER** ontmoet hadden.
'Ik ken jou!' riep Colette opeens. 'Jij gaf ons die rondleiding in de taxiboot toen we in Venetië aankwamen!'
Met een blik vol ongeloof fluisterden de andere muizinnen: 'Hij is het inderdaad.

ZOU HIJ ECHT DE DIEF ZIJN?'

Een flinke blunder

De jonge knager **KEEK** op en zei: ‘Inderdaad, nu weet ik het weer. Jullie waren die toeristen die de hele tijd op een tablet zaten te **KIJKEN.**’
Marco begon stilaan zijn geduld te verliezen.
‘Of we elkaar nu **KENNEN** of niet, je bent ons wat uitleg verschuldigd.’
‘Ik ben jullie helemaal niets verschuldigd!

Vertellen jullie mij eerst maar eens waarom jullie achter mij AAN zaten. Door jullie ben ik in het water gevallen en dat is niet bepaald een prettige ervaring, zeker niet in deze tijd van het jaar.'

'Sorry', zei Nicky. 'Ik geloof dat ik wat te hard van stapel ben gelopen. Misschien hebben we ons wel VERGIST.'

'Niks daarvan, ik geloof geen woord van wat hij zegt', mengde Pam zich in het gesprek. 'Hij is de dief, waarom is hij anders GEVLUCHT?'

'Gevlucht? Wie zegt dat ik gevlucht ben?' vroeg hij.

'Je nam toch meteen de POTEN toen je ons zag?'

De knager zweeg even en barstte toen in lachen uit.

'WAT IS ER ZO GRAPPIG?' vroeg Marco, die er de humor niet van inzag.

'Dat was gewoon een weddenschap.'

'Wat voor een WEDDENSCHAP?'

'Elk jaar sluit ik tijdens het carnaval een **WEDDENSCHAP** af met mijn twee beste vrienden. Een van hen is de bestuurder van de **TAXIBOOT.**'

De Thea Sisters knikten.

'We zijn jeugdvrienden die graag grappen met elkaar uithalen en weddenschappen afsluiten. Elk jaar rennen we, meteen na de ***Vlucht van de Adelaar***, elk vanaf een verschillende plek op het San Marcoplein naar een **KADE.** Van daaruit proberen we via de kanalen zo snel mogelijk het station te bereiken. Wie het **EERST** aankomt, heeft gewonnen.'

'Wat een idee', gniffelde Violet.

'Wij beleven er een hoop lol aan', zei de jonge knager. Toen krabbelde hij overeind, trok zijn **DRIJFNATTE** cape uit en schudde nog wat druppels water uit zijn pak.

'Dus jij hebt de maskers van **BERTO DEL BON** helemaal niet gestolen?' vroeg Elisa.

'Berto Del Bon? Wie is dat?'
'En je hebt ook geen **afgerichte** raaf?' probeerde Colette nog.
'Ik wist niet eens dat je een raaf kón africhten.'
'Volgens mij hebben we een blunder gemaakt', concludeerde Marco TELEURGESTELD.

'Dat denk ik ook', zei de jonge knager. 'En dus zou ik nu, als jullie het niet erg vinden, toch nog naar het STATION willen. De weddenschap heb ik natuurlijk verloren, maar wie als LAATSTE aankomt, moet een jaar lang alles doen wat de twee anderen zeggen.'
'Door onze schuld', mompelde Nicky.
'Ik heb alleen maar een WEDDENSCHAP verloren,' zuchtte de knager,

'MAAR JULLIE ZIJN JULLIE DADER KWIJT.'

Eén goochelaar, twee goochelaars, overal goochelaars!

Compleet MOEDELOOS keerden de vrienden terug naar het San Marcoplein.
'Papa had gelijk', zuchtte Elisa. 'We hadden ons nooit met de zaak mogen bemoeien. Wat een zootje.'
'Maar het leek zo perfect! Hij had zich als goochelaar verkleed en we dachten dat hij op de VLUCHT sloeg', verdedigde Marco zich.
'Door achter hem aan te gaan, hebben we de plek van de misdaad verlaten', zei Violet. 'KIJK daar eens!'
Er heerste grote VERWARRING op en rond het podium. Alle knagers die voor de *Vlucht van de Adelaar* hun kostuums

hadden geshowd, stonden op de planken.
Tussen de opgewonden knagers zagen ze ook de inspecteur en een paar agenten staan.
'Papa is er ook bij. Zou de diefstal al gepleegd zijn?' vroeg Marco zich af.
Toen zag Paulina plotseling dat de jonge knaagster in het drakenpak stond te HUILEN, en dat ze haar mooie **masker** niet meer op had.
Een paar knagers probeerden haar te troosten.

'Ik denk dat de DIEF haar masker heeft gestolen,' zei ze.
De vrienden liepen naar het podium. Daar probeerden ze de aandacht te trekken van de **inspecteur.** Zodra hij hen zag, overlegde hij met een collega. De agent kwam meteen van het podium af en liep naar hen toe.
'ZIE JE WEL?' zei Marco. 'Nu mogen we papa en zijn collega's vast een pootje helpen.'
Maar hij had het mis: de agent waarschuwde de vrienden dat ze uit de buurt moesten blijven om geen **GEVAAR** te lopen. 'Orders van de inspecteur', zei hij streng.
De vrienden wilden net teleurgesteld weggaan, toen iedereen op het plein door een fel licht werd verblind. Tegelijkertijd klonk er een vervormde stem uit de luidsprekers rond het podium:

'MIJN OPDRACHT IS GESLAAGD EN JULLIE KRIJGEN MIJ NOOIT TE PAKKEN!'

Toen de **Thea sisters** hun ogen weer openden, regende het op het hele plein **CONFETTI** die overal en nergens vandaan leek te komen. Toen verscheen er uit het niets een donkere gedaante met een grote cape in een hoek van het plein.

'SNEL!' riep de inspecteur, die van het podium af stormde. Maar nog geen seconde later verscheen de figuur aan precies de tegenovergestelde kant van het plein. De inspecteur draaide zich met een ruk om en zette de **ACHTERVOLGING** met zoveel overgave in, dat hij struikelde en zijn enkel bezeerde.

'Papa!' gilde Elisa, die meteen naar hem toe rende.

'Ik **VREES** dat ik hem verstuikt heb', zei de inspecteur terwijl hij weer voorzichtig overeind krabbelde. Maar door de **PIJN** moest hij de achtervolging staken.

'GRIJP HEM!'

schreeuwde hij naar zijn collega's.
Maar de goochelaar was
nergens meer te bekennen.
'Kijk daar!' riep een agent,
die iets donkers voorbij
zag FLITSEN in
een smal steegje.
Met z'n allen
sprintten ze
erop af.

Marco wilde hen al achterna rennen, maar Violet hield hem tegen. 'De dief houdt van goochelkunstjes, dwaalsporen en valstrikken. Ik weet zeker dat dit ook een list is om ons allemaal op de VERKEERDE poot te zetten.'

'Misschien heb je wel gelijk, Vivi', zei Nicky. 'KIJK EENS DAARBOVEN!'

Vlak bij de klokkentoren zagen ze een grote ZWARTE stip. Toen ze wat beter keken, merkten ze dat het een raaf was die naar de top van de toren VLOOG.

Een trap zonder einde

'Hij VLIEGT naar de top van de klokkentoren!' riep Marco.
'SNEL!' riep Nicky, die meteen naar de toren begon te rennen. 'Hij mag niet ontsnappen!'
Maar in de TOREN wachtte hen een onaangename verrassing; de LIFT die de toeristen gewoonlijk naar boven bracht, stond stil op de begane grond. Hij was BUITEN WERKING.
'Hij heeft vast met de lift geknoeid', merkte Colette op. 'Zodat we niet achter hem aan kunnen gaan.'
Violet had zo haar twijfels. 'Als de lift hier beneden is, kan de goochelaar hem toch zelf ook niet hebben gebruikt?'

Maar het was Marco die de OPLOSSING vond. Hij deed een deur open en zei: ‘Kijk, een TRAP! Hierlangs is hij naar boven gegaan.’
Zonder aarzelen begonnen de vrienden aan de KLIM.
Toen ze halverwege waren, wisten alleen Nicky en Marco het tempo nog vol te houden. De rest van de groep raakte steeds verder ACHTEROP.
‘Volhouden, muizinnen!’ riep Nicky, die een eind hoger op de trap heel even iets zwarts voorbij zag flitsen. ‘We zijn er bijna.’
‘De goochelaar is al boven, ik zag net zijn cape’, zei Marco.

Pam probeerde haar tempo te versnellen, maar moest het een paar treden later alweer opgeven. 'Gaan jullie maar vast ... HIJG, HIJG ... vooruit.'
Nicky en Marco wisselden een blik van verstandhouding en SCHOTEN pijlsnel de trappen op. Met een laatste krachtsinspanning slaagden ze erin om de top van de toren te bereiken.
De goochelaar was op een sokkel geklauterd en had het veiligheidsnet aan de kant van het plein al opengescheurd. Zijn trouwe RAAF cirkelde buiten rond de toren.
'Stop!' riep Nicky. 'Je kunt geen kant meer op!'
De knager keek om naar de vrienden, zijn cape WAPPEREND in de wind, en begon hard te lachen.
'Hahaha! Dat dachten jullie maar!'
Met een theatraal gebaar trok hij een doek van een toestel dat naast de sokkel op de vloer lag.

Nicky fluisterde: 'O nee, hij heeft een DELTA-VLIEGER. Daarmee wil hij vluchten.'
Marco reageerde bliksemsnel. Hij haalde een pootvol confetti uit zijn broekzak, gooide die recht in de OGEN van de goochelaar en riep: 'Dacht je soms dat jij de enige was die een paar TRUCJES kent?'
Toen riep hij naar Nicky: 'Ik houd hem wel even bezig! Probeer jij zijn zweefvliegtuig te saboteren!'
Dat liet de muizin zich geen twee keer zeggen.

Ze RENDE naar het zweefvliegtuig en brak snel een van de houten latten waar de vleugels aan vasthingen.

'NEEEE!' schreeuwde de goochelaar, die zijn plannetje in rook zag opgaan.

Elisa en de vier andere Thea Sisters, die net op dat moment BOVEN kwamen, hielpen hun vrienden om het zweefvliegtuig uit te schakelen zodat de dief niet kon ontsnappen.
'Nu zullen je trucjes je niet meer helpen', zei Marco tevreden. De goochelaar ZUCHTTE verslagen.
'Yes!' juichten de Thea Sisters in koor.

Dief of verzamelaar?

Colette zag naast het ZWEEFVLIEGTUIG een grote zwarte zak op de grond liggen. Ze liep erheen om te kijken wat erin zat.
'KIJK EENS AAN', zei ze, terwijl ze het gestolen drakenmasker tevoorschijn haalde.
'Afblijven!' riep de goochelaar nijdig.
Toen de raaf die woorden hoorde, VLOOG hij meteen op Colette af. De muizin gilde het uit van schrik en liet het masker VALLEN.
Gelukkig kon Nicky het nog net op tijd opvangen.
'Hebbes!' riep ze opgelucht.

'Niet aankomen! Dat **masker** is van mij en van mij alleen!' schreeuwde de goochelaar.
'Dat zou je wel willen', reageerde Pam.
'Dit masker is van de knaagster van wie je het daarnet hebt **GESTOLEN**!'

'Jullie hebben echt geen **IDEE'**, zuchtte de goochelaar kopschuddend. Hij liet de raaf op zijn schouder neerstrijken en begon te *vertellen.*

'Jullie moeten weten dat ik niet zomaar een dief ben. Ik heb al die spullen met een **REDEN** gestolen.'

'Inderdaad', glimlachte Violet. 'Je steelt alleen maar spullen van BERTO DEL BON.'

De goochelaar schrok. 'Jullie hebben het dus gemerkt.'

'Ja, maar dat verandert niets aan het feit dat je een **MISDAAD** hebt gepleegd', zei Elisa.

'Is het dan een misdaad om de droom van je voorvader te willen verwezenlijken?' vroeg de goochelaar.

'Je voorvader?' herhaalde Nicky. 'Wil je soms beweren dat Berto …'

De goochelaar knikte. 'Ik ben inderdaad een afstammeling van Berto Del Bon, een groot kunstenaar die door de inwoners van Venetië altijd is **ONDERGEWAARDEERD.** Ze verdienen het niet om van zijn ontwerpen te **GENIETEN**.'

'Bedoel je dat je de creaties van je voorvader hebt **GESTOLEN** om hem te wreken?' vroeg Violet verbaasd.

De goochelaar knikte. 'Reken maar! Toen hij de rijkste en arrogantste koopmuis van Venetië

beledigde door een kalkoenmasker voor hem te maken, keerde de hele stad zich tegen hem. Zijn stadsgenoten hebben zijn talent nooit erkend.'

'En jij gelooft dat ze zijn werk wel zullen waarderen als jij het steelt?' vroeg Paulina **verbouwereerd.**

'Ik steel het niet, ik leg een **UNIEKE** verzameling aan. Er is trouwens nog maar één stuk dat ontbreekt.'

'Vast het masker uit het **Glasmuseum** op Murano', zei Violet.

'Dat heb je goed geraden, maar ... te laat!' riep hij, en met een snel gebaar gooide hij zijn **HOGE HOED** in de lucht. Er kwam meteen een dikke walm blauwe rook uit.

De vrienden hoestten en **proestten** en zwaaiden met hun poten om de rook weg te krijgen. Een paar tellen later was de goochelaar spoorloos **VERDWENEN** en ook het krassen van zijn raaf klonk steeds verder weg.

Wie het laatst lacht ...

'O nee!' riep Pam. 'NU ZIJN WE HEM WEER KWIJT!'

Met een bonzend hart **HOLDEN** de vrienden de trappen af, maar toen ze naar buiten wilden rennen bleven ze abrupt staan.

Vlak voor de **INGANG** had iemand die ze meteen herkenden de dief al in de kraag gevat.

'Pap!' riepen Marco en Elisa in koor. **'Jij hier!'**

Voor het eerst die dag glimlachte de inspecteur naar zijn kinderen.

'HUH? HOE WIST JE DAT ...' reageerde Marco stomverbaasd.

'Ik ben op jullie **AANWIJZINGEN** afgegaan.'

'Hoe dan?'

'Ik zat in een hoek van het plein om mijn enkel te laten rusten, toen ik een RAAF rond de toren zag cirkelen. Ik dacht meteen aan jullie verhaal: dit kon geen TOEVAL zijn.'

'Dus het is dankzij ons dat je hem hebt gevonden', zei Elisa stralend. De inspecteur knikte.

'Ik begreep meteen dat de dader niet ver weg kon zijn. Dus ben ik hierheen GESTROMPELD en ik was blijkbaar net op tijd', zei hij, terwijl hij de dief in de boeien sloeg.

'Nu is het eindelijk afgelopen met goochelen', lachten de Thea Sisters.

De knager keek beschaamd naar de grond. Hoog in de lucht cirkelde zijn RAAF.

'We moeten de dierenbescherming bellen', zei Nicky. 'Een afgerichte RAAF kun

je niet zomaar aan zijn LOT overlaten.'
'Ik laat iemand komen om hem te VANGEN', beloofde de inspecteur. Intussen kwam er een groepje agenten aanzetten om de dief op te halen.
'Ik zou jullie eigenlijk huisarrest moeten geven, Marco en Elisa', zei hij voor hij wegging. 'Maar ik wil jullie toch ook bedanken voor jullie hulp: jullie zijn stuk voor stuk volleerde DETECTIVES.'
Toen hij dat hoorde, was Marco zo trots dat hij van oor tot oor bloosde. Pam gaf hem een dikke knipoog.
De goochelaar wierp de vrienden nog een laatste BOZE blik toe voordat hij de agenten naar het politiebureau volgde.
'Wat een onvriendelijk figuur', zei Colette kopschuddend.
'Arme raaf', zei Elisa en ze WEES naar de kleine stip hoog boven hun koppen. De vogel,

die alleen was achtergebleven, cirkelde nog altijd hulpeloos rond.
Nicky probeerde hem VOORZICHTIG te lokken zoals ze dat had geleerd op een cursus van de Groene Muizen, de MILIEUBEWEGING waar ze lid van is. Na een poosje kwam het dier voorzichtig naar haar toe.

'Vergis ik me, of heeft hij iets in zijn poten?' vroeg Pam.
'Het lijkt wel een speelkaart', zei Marco.
Bij het horen van dat woord opende de raaf zijn klauwen en liet de kaart vallen.
Pam raapte hem op.
'Wat vreemd: dit keer staat er helemaal geen HOGE HOED op.'

De vrienden DRONGEN om haar heen om de kaart te bekijken.
'Er staat een BRUG op, en ook een knaagster', stelde Nicky vast.
'Volgens mij is de knaagster aan het blazen, of nee, wacht eens even, ze is aan het geeuwen! Of is ze misschien ...'
'Aan het ZUCHTEN?' gokte Colette.
'Ja!' zei Elisa. 'Het zou een verwijzing naar de BRUG DER ZUCHTEN kunnen zijn!'

De Brug der Zuchten

Ze dachten **LANG** na over de **NIEUWE** aanwijzing.

'Wat zou het betekenen?' vroeg Paulina.

'Ik snap er niets van', mompelde Elisa.

'Misschien houdt de Brug der Zuchten op de een of andere manier verband met de **DIEFSTALLEN?'** opperde Marco.

'Wie weet vinden we daar wel een **SPOOR'**, reageerde Colette meteen. 'Kunnen we erheen om een kijkje te nemen zodra de vogel is opgehaald?'

Elisa schudde haar kop. ‘Helaas niet. Je kunt er alleen KOMEN via de twee *palazzi* die de brug met elkaar verbindt.’
‘We kunnen natuurlijk wel zo dicht mogelijk in de BUURT proberen te komen’, stelde Marco voor. ‘Er zijn twee grotere bruggen vanwaar je een goed zicht hebt. Laten we daarheen gaan.’
Nadat de dierenbescherming de vogel meegenomen had, zette het groepje zich in BEWEGING.
De Brug der Zuchten lag niet ver van het San Marcoplein, zodat de vrienden een paar minuten later al op hun bestemming waren.
‘DAAR IS HET’, zei Elisa en ze wees naar een klein overdekt bruggetje, niet ver van de brug waar ze zelf op stonden.
‘Wat mooi, alleen snap ik niet wat die brug met de DIEFSTALLEN te maken heeft’, begon Colette.

Dit is de Brug der Zuchten!

'Zullen we hem eens van de andere kant **BEKIJKEN?'** suggereerde Marco. Ook vanaf dat punt hadden ze een goed zicht op de brug, maar opnieuw was er niets bijzonders te zien.
'Ik denk dat de dief ons gewoon weer heeft beetgenomen', zuchtte Colette teleurgesteld.
'Ik geloof ook niet dat er hier nog veel te ontdekken valt. We kunnen beter naar **HUIS** gaan', zei Elisa.
Maar op dat moment riep Nicky: **'IK ZIE IETS!'**
Op een raam van een kleine loods vlak bij de brug was een kleine zwarte raaf met een **HOGE HOED** getekend.
'Yes! Wat goed! Je hebt een aanwijzing gevonden!' juichte Pam. 'Kom op, we gaan binnen een kijkje nemen.'
Na wat **ZOEKEN** ontdekten de vrienden de ingang van het gebouwtje. De deur zat op slot.

'Huh? Ik zie nergens een SLEUTELGAT', zei Violet. 'Alleen maar een soort gleuf.'

'Wacht eens even!' riep Nicky ineens.

Ze pakte de SPEELKAART die hen daarheen had geleid en stopte die in de gleuf.

Met een doffe KLIK ging de deur open.

'GELUKT!' juichte Pam.

'IK KAN NIET WACHTEN OM TE ONTDEKKEN WAT ER ACHTER DIE DEUR SCHUILGAAT.'

Toch nog een goocheltruc

De vrienden kwamen in een GROTE ruimte terecht die zo goed als leeg was, op een paar boekenplanken na. Daarop stonden HOGE HOEDEN en wat boeken over het africhten van raven.
'Dit is dus het HOL van de dief', concludeerde Paulina.
Marco zag iets wat op een FOTOTOESTEL leek. Hij liep erheen en drukte op een knopje. Uit het toestel kwam meteen een LICHT-STRAAL die een broche met edelstenen op de grond projecteerde.
'Zo liet hij dus voorwerpen verschijnen en plotseling weer verdwijnen', zei Paulina.

'EN DIT HIER?' vroeg Elisa. Midden in de kamer stond een grote KIST met de sleutel er nog in.

'Misschien bewaart hij daarin zijn BUIT!' piepte Colette opgewonden. 'Kom op, we proberen hem open te maken.'

Met ingehouden adem keek iedereen toe hoe Marco de sleutel omdraaide.

Plotseling werd het helemaal DONKER en klonk door de hele ruimte het oorverdovende gekras van een heleboel RAVEN.

'AAAH!' gilden de Thea Sisters en ze zwaaiden WILD met hun poten om niet aangevallen te worden.

'HELP!' schreeuwde Elisa, die zich achter haar broer verstopte terwijl hij de raven wild van zich af probeerde te slaan.

WAT ZOU ERIN ZITTEN?

Maar het lukte hem niet; hij kreeg ze niet te pakken.
'Wacht eens even!' riep Nicky, die plotseling haar kalmte hervond. 'Volgens mij is dit zijn zoveelste goocheltruc.'
Pam knipte het licht aan en iedereen zag dat het ineens DONKER was geworden doordat er een zwart gordijn voor het raam was geschoven. En de raven waren geen raven, maar grote zwarte LAPPEN die automatisch door koorden waren neergelaten!
'We zijn voor niets bang geweest', besloot Colette, die snel haar kapsel fatsoeneerde.
'Dat kun je wel zeggen', gaf Nicky haar gelijk. 'Ik begrijp alleen niet waarom die nepraven uitgerekend nu zijn GEACTIVEERD.'
Maar PAULINA had het al begrepen. 'Ik geloof niet dat het toeval was: Marco heeft het MECHANISME vast in werking gezet door de sleutel om te draaien. Misschien kunnen we

proberen om de sleutel de andere kant op te DRAAIEN?'

Marco knikte en deed wat Paulina zei.

Deze keer ging het slot open en bleven de verrassingen uit; althans, op één na: de kist was helemaal leeg!

Gewoon logisch nadenken

De Thea Sisters, Marco en Elisa konden een zucht van **teleurstelling** niet onderdrukken. Zou het kunnen dat de goochelaar alweer een truc uithaalde?
'Dit is toch niet te geloven', barstte Elisa los. 'Al die moeite voor niets.'
'**Kalmblijvenkalmblijvenkalmblijven!**
We moeten gewoon logisch nadenken', zei Colette.
Paulina had zo haar **twijfels**. 'Er is maar weinig om over na te denken, Coco. Dit is gewoon het laatste **trucje** van onze goochelaar.'

'Ze heeft gelijk', beaamde Marco. 'De dief heeft ons allemaal in de **MALING** genomen.'

'Toch denk ik dat Colette een punt heeft', wierp Violet tegen. 'Tot nu toe waren al zijn **KUNSTJES** alleen maar slimme illusies, toch?'

De anderen knikten. 'Dan is die lege kist vast ook zo'n **TRUCJE.'**

TRUCS DIE DE GOOCHELAAR GEBRUIKTE:

1. Een TOESTEL om kostbare voorwerpen mee te projecteren
2. Een afgerichte RAAF om de slachtoffers mee af te leiden
3. Een HOGE HOED waar rook uit komt
4. NEPRAVEN die worden geactiveerd door de sleutel in een kist om te draaien

'Maar dat kan toch niet', reageerde Marco. 'Jullie zien toch ook dat hij **LEEG** is.'
'Zullen we hem eens optillen?' stelde Pam voor.
Maar de kist was veel te **zwaar** en te **GROOT.**
'Misschien heeft hij een dubbele bodem?' opperde Colette.
Maar ook de bodem zag er doodgewoon uit.
'Ik wil hem weleens van binnen **BEKIJKEN'**, zei Elisa toen.
'GEEN SPRAKE VAN!' reageerde haar broer meteen. 'Het zou gevaarlijk kunnen zijn. Wie

weet wat voor grapjes de DIEF nog meer in petto heeft.'

'Wees maar niet bang, ik doe heel voorzichtig. EN JULLIE ZIJN ER TOCH OOK NOG?'

Marco zag dat iedereen het een goed plan vond, dus gaf hij toe.

Voorzichtig zette Elisa één poot in de kist. Maar al na een paar ogenblikken slaakte ze een luide KREET.

Marco wilde haar al te hulp schieten, maar Pam hield hem tegen. De gil was namelijk intussen veranderd in een SCHATERLACH.

'Wat heb je ontdekt?' vroeg ze aan Elisa.

'Je gelooft het nooit … er zit een spiegel in de kist!'

'Een spiegel?' reageerde Nicky verbaasd.

'Inderdaad. Eerst schrok ik me rot omdat ik in het halfdonker iets zag bewegen, maar toen besefte ik dat ik mijn eigen POOT in de spiegel zag.'

'Ik snap er helemaal niets van', zei Pam. 'Hoezo zit er een spiegel in de kist?' Elisa lachte: 'De spiegel VERDEELT de kist in tweeën. Omdat hij schuin staat, weerspiegelt hij alleen de lege helft. Zo lijkt het alsof de kist helemaal LEEG is, alleen is hij maar half leeg, kijk maar.'

Marco en de Thea Sisters bestudeerden de kist en ontdekten dat er een VERBORGEN mechanisme op de spiegel zat. Daarmee

klapten ze hem om en zo vonden ze de buit.
'Het zijn de gestolen spullen!' riep Pam.
De vrienden haalden de **maskers,** het hoedje en het kostuum voorzichtig tevoorschijn en legden ze op de grond.
Violet lachte.

'Dit was echt wel zijn aller-allerlaatste truc!'

De meest rechtvaardige oplossing

Het kostuum en de **maskers** werden naar het politiebureau gebracht, waar de inspecteur alle eigenaars uitnodigde. Dankzij de beschrijving van de vrienden had hij zelfs de knaagster met de waaier OPGESPOORD.
De Thea Sisters legden aan de slachtoffers uit wie de dief was en waarom hij de diefstallen had gepleegd.
'Dan kan **alles** nu terug naar de rechtmatige eigenaars', zei de inspecteur plechtig.
'EINDELIJK!' juichte de knaagster van wie het hoedje met de ijssterren was gestolen.
Iedereen was blij dat ze hun spullen terugkregen, behalve de knager uit **Murano.**

'Is er iets?' vroeg Colette, die merkte dat hij wat STIL was.
'Och ... ik vind dat de dader misschien wel een beetje gelijk had.'
'WAT!?' gilde de eigenares van de waaier.
'Hoe haalt u het in uw KOP om zoiets te beweren?'
'Deze stad heeft BERTO DEL BON inderdaad nooit op waarde geschat, terwijl hij een nobele ziel was en veel talent had.'
'Dat had hij zeker', knikte de eigenaar van het goudkleurige kostuum instemmend.
'Ik ken het verhaal van dat kalkoenmasker ook en ik moet zeggen dat ik die arme BERTO DEL BON geen ongelijk kan geven.'
'Het klopt dat zijn talent niet door zijn tijdgenoten werd gewaardeerd,

maar daar kunnen wij nu toch niets meer aan doen?' wierp de eigenares van de waaier tegen.
De Thea Sisters begrepen elkaar met één **BLIK:** alle vijf dachten ze precies hetzelfde.
Colette schraapte haar keel: 'Er zijn een hoop dingen die we leuk vonden hier in **Venetië:** de gastvrijheid, de mooie gebouwen, de sfeer van het **CARNAVAL,** maar ook de vele musea.'
'Juist ja', ging Paulina verder. 'Er is toch geen betere plek voor zo'n unieke verzameling dan een openbaar **museum** waar iedereen de verfijnde creaties van een grote Venetiaanse meester kan komen bewonderen?'
'Bedoelen jullie dat we al onze spullen moeten **TENTOONSTELLEN** in een museum gewijd aan Berto del Bon?' vroegen twee knagers.
De muizinnen knikten.
'Ik heb nog wel een **LEGE** ruimte waar we een

museum van kunnen maken', zei een vriendin van de **inspecteur.**
'Wat een muizinnig idee, ik wil best conservator* worden!' riep de knager uit Murano enthousiast.
Nadat ze even hadden OVERLEGD was iedereen het eens: het werk van Berto Del Bon zou worden ondergebracht in een museum gewijd aan de ontwerper.

* Conservator: iemand die zich met de collectie van een museum bezighoudt.

'Op één **VOORWAARDE'**, zei de eigenares van de waaier.

'Wat dan?' vroeg de inspecteur.

'Dat we met het **CARNAVAL** allemaal onze eigen kostuums mogen dragen.'

De inspecteur barstte in lachen uit. 'Dat spreekt voor zich!

TRADITIES ZIJN ER OM IN STAND TE HOUDEN!'

Afscheid van Venetië

Nu de dief was gepakt en de gestolen voorwerpen in een museum TERECHT zouden komen, was iedereen tevreden.
'Hopelijk is dit ook voor de goochelaar een wijze les: hij had zijn voorvader kunnen eren zonder de WET te overtreden', zei Colette toen ze samen het San Marcoplein op liepen.
De grote parade die het carnaval afsloot, stond op het punt om te BEGINNEN en dus hadden de Thea Sisters hun kostuums nog een keer aangetrokken.
Terwijl ze zich een weg door de menigte baanden, zuchtte Pam: 'Wat een heerlijke tijd hebben we hier gehad. Met al het moois

WOW!
WAT EEN GEWELDIG FEEST!

YES!

dat we gezien hebben, het carnaval én de DIEFSTALLEN hebben we ons geen moment verveeld.'

'DAAR KRIJG JE IN VENETIË DE KANS NIET VOOR', reageerde Marco geamuseerd. 'Ik hoop dus dat jullie deze vakantie niet snel zullen vergeten. En dat jullie ons gauw weer komen OPZOEKEN.'

'Zeker weten!' riep Pam enthousiast.

Toen stortten de vrienden zich voor de ALLERLAATSTE keer dit jaar in het feestgewoel.

Op ontdekking in Venetië

Een BRULLEND symbool

In Venetië zie je regelmatig een leeuw met een opengeslagen boek tussen zijn voorpoten. Het is de LEEUW VAN DE HEILIGE MARCUS, *San Marco* in het Italiaans. Hij is een van de symbolen van de stad.

De leeuw staat voor MACHT en KRACHT. Het dier was in Venetië zo geliefd, dat er volgens verhalen in de veertiende eeuw ECHTE LEEUWEN in de tuinen van de *palazzi* rondliepen.

Op het San Marcoplein alleen al kun je maar liefst dertien leeuwen ontdekken.

KLOKGELUI

Naast de basiliek op het San Marcoplein staat een grote KLOKKENTOREN. Het is een van de beroemdste monumenten van Venetië. De toren is maar liefst 98,6 meter hoog! Helemaal op de top staat een gouden engel die meedraait met de wind. Er hangen VIJF KLOKKEN in, elk met een eigen naam die naar hun vroegere functie verwijst.

1. De MARANGONA gaf het begin en einde van de werkdag van timmerlieden aan;
2. De NONA sloeg om twaalf uur;
3. De TROTTERA spoorde de edellieden te paard aan om op een drafje naar de Grote Raad te komen;
4. De PREGADI luidde als de senaat bijeenkwam;
5. De MALEFICIO kondigde een terechtstelling aan.

In 1902 stortte de toren in, maar tien jaar later was hij weer helemaal herbouwd.

Een doolhof van smalle STRAATJES

Als je de kanalen achter je laat om het hart van de stad te verkennen, moet je een aantal Italiaanse woorden kennen. Dit zijn er een paar:

SESTIERI: de zes stadsdelen waaruit Venetië bestaat.
CALLE: de smalle straatjes in het historische centrum worden *calle* genoemd. Het smalste steegje van de hele stad, *Calletta Varisco,* is nauwelijks 53 centimeter breed.
SOTOPORTEGO: een doorgang onder de huizen die twee straten met elkaar verbindt.
FONDAMENTA: Venetiaans voor kade.
CAMPO: een plein in Venetië.

In Venetië heten de meesten pleinen niet *piazza,* zoals in de rest van Italië, maar campo, wat akker betekent. Vroeger werd er aan landbouw gedaan.

Weetjes en LEGENDES

Wist je dat het woord CIAO* is afgeleid van de uitdrukking sciavo vostro, wat letterlijk *ik ben uw slaaf* betekent? Gaandeweg werd dit verbasterd tot *sciao* en ten slotte tot *ciao*.

* Italiaans voor hoi of dag

De rode roos van San Marco

Volgens een legende leefde er in de tijd van Karel de Grote een rijke jonge knaagster die smoorverliefd werd op een arme troubadour.
Om het respect van haar familie te verdienen, werd de arme knager lid van het leger van de keizer. Maar net toen hij naar zijn liefje wilde terugkeren, raakte hij dodelijk gewond. Als afscheidsgeschenk plukte hij een RODE ROOS voor haar. Die werd op 25 april, de feestdag van de heilige Marcus, bij haar bezorgd. Tegenwoordig hebben de inwoners van Venetië nog steeds de gewoonte om op die dag een rode roos aan hun geliefden te schenken.

Aan boord van een schelp

GONDELS zijn echt typisch voor Venetië. Het Italiaanse woord *gondola* is afgeleid van het Latijnse *cuncula,* wat schelp betekent.

Een gondel is elf meter lang en er worden acht houtsoorten in verwerkt: grenen, kersen, lariks, mahonie, noten, iep, eiken en linde.
Er zijn maar twee metalen onderdelen: het **BOEGIJZER** en de kleine krul op de achtersteven. Het boegijzer is een soort kam waarvan de tanden naar de zes stadsdelen verwijzen en de **KRUL** verwijst op zijn beurt naar *Giudecca,* een groep eilanden aan de overkant van het San Marcoplein. De rechterzijde van een gondel is altijd korter dan de linker. Daardoor ligt de ene kant een beetje dieper in het water en kan de gondelier mooi rechtdoor varen terwijl hij met maar één spaan roeit.

GONDELBOUWER: een uniek beroep!

Niet iedereen kan een gondel bouwen, daar is een speciale SCHEEPSTIMMERMUIS voor nodig. Die weet precies welke houtsoorten hij moet gebruiken en hoelang hij het hout moet laten rusten. Als het hout is uitgewerkt, bouwt hij eerst het SKELET: daarbij gebruikt hij iep voor de spanten (de stukken hout die dwars over de gondel lopen en de rest van het hout bij elkaar houden) en eik voor de wrangen (het gebogen houtwerk). Vervolgens volgen de bijna elf meter lange ZIJKANTEN, die in de juiste vorm worden geplooid om de gondel zijn typische uiterlijk te geven.

Als de ROMP klaar is, wordt de gondel waterdicht gemaakt met pek, een zwarte en kleverige stof, en vervolgens gelakt. Ten slotte wordt hij met tapijten en stoeltjes uitgerust en dan is hij klaar om passagiers te vervoeren.

De kunst van het GLASBLAZEN

MURANO bestaat uit zeven eilanden ten noorden van Venetië en is beroemd om zijn GLASWERK. Aan het einde van de dertiende eeuw werden alle glasblazerijen, vanwege het brandgevaar, van Venetië overgebracht naar Murano. Daar konden de MEESTERGLASBLAZERS hun geheimen, die van vader op zoon werden overgeleverd, ook beter beschermen. Ergens anders naartoe verhuizen was sindsdien streng verboden!

De techniek van het glasblazen

Eerst halen de meesterglasblazers het VLOEIBAAR GLAS uit de oven. Dat doen ze met een stalen pijp. Via die pijp blazen ze vervolgens lucht in de glasmassa. Zo krijgt het glas de gewenste vorm. Voor de eindafwerking gebruiken ze spatels en pincetten.

KANTKLOSSEN

BURANO is een eiland dat vlak bij Murano ligt. Het is beroemd om zijn felgekleurde huisjes en zijn handgemaakte KANTWERK, dat op een *bombolo*, een typisch kussentje, wordt geklost.

Een oude legende

Een van de oudste legendes van Burano vertelt het verhaal van een visser. Toen hij op een dag op zee was, hoorde hij sirenengezang*.
De visser wist de verleiding te weerstaan door heel hard aan zijn verloofde te denken. Zijn trouw werd beloond: de koningin van de sirenen maakte uit het schuim van de zee een PRACHTIGE SLUIER voor zijn jonge bruid.
Op de dag van de bruiloft waren de jonge knaagsters op het eiland zo onder de indruk, dat ze tot op de dag van vandaag proberen om zelf net zo'n mooie bruidssluier te klossen.

* Sirenen: HALFGODINNEN uit de Griekse mythologie, met het lichaam van een vogel en de kop van een knagerin, eh het hoofd van een vrouw. Sirenen zongen om anderen te verleiden.

Een BEROEMDE inwoner van Venetië

Marco Polo

In 1254 werd Marco Polo in Venetië in een familie van kooplieden geboren, om later een van de beroemdste reizigers ooit te worden. Toen hij 17 JAAR was, trok hij met zijn vader en zijn broer naar het Verre Oosten. Hij keerde pas 24 jaar later terug.

Marco Polo reisde over de ZIJDEROUTE, de weg van de zijdehandelaars, tot in China, waar hij hartelijk werd ontvangen door keizer Koeblai Khan. Zeventien jaar lang reisde hij als ambassadeur van de keizer het VERRE OOSTEN af en leerde hij vijf verschillende talen.

Eenmaal terug in Venetië vertelde Marco Polo de schrijver Rustichello van Pisa over de geweldige dingen die hij op zijn reizen had beleefd en gezien. Rustichello schreef al die verhalen op in zijn boek: DE WONDEREN VAN DE ORIËNT.

Op en Top Thea Sisters

Ontwerp je eigen carnavalskostuum

Hier in Venetië hebben we schitterende carnavalskostuums gezien. Daarom gaan we voor het volgende verkleedpartijtje onze EIGEN OUTFITS maken! Ik heb al een hoop ideeën, dit zijn er een paar:

Een pauwenstaart

DIT HEB JE NODIG:
een blauwe petticoat, lapjes groen, blauw en bruin vilt, textiellijm, een hobbyschaar.

Knip eerst een heleboel cirkels met een diameter van 10 cm uit het groene vilt. Maak vervolgens cirkels van 7 cm uit het blauwe vilt en knip daar telkens een partje uit. Als laatste maak je uit het bruine vilt grote ovalen (groter dan de groene cirkels). Nu plak je alles op de achterkant van je rokje: eerst de bruine ovalen, dan de groene cirkels en als laatste de blauwe, met het ontbrekende partje naar boven. Draag er een blauw topje op en je PAUWENKOSTUUM is klaar!

Vlindervleugels

DIT HEB JE NODIG:
een oud T-shirt, twee vierkante lappen zwarte stof (iets langer dan je arm), textielverf in felle kleuren, een hobbyschaar, naald en draad.

Leg de lappen stof op elkaar en teken er mooie vlindervleugels op. Vraag een volwassene je te helpen om ze uit te knippen. Beschilder de vleugels met felle kleuren en naai ze als ze droog zijn op de achterkant van je T-shirt, ter hoogte van je schouderbladen. Let op: je hoeft niet de hele zijkant vast te naaien, twee hoeken volstaan. Trek het T-shirt aan en fladderen maar!

Als je ook VOELSPRIETEN wilt maken, pak dan een stuk gekleurd papier en rol het op tot een worstje. Kneed het ene uiteinde tot een bolletje en plak het andere met plakband vast op een diadeem. Doe hetzelfde voor de tweede voelspriet!

Een kwal

DIT HEB JE NODIG:
een doorzichtige paraplu, wit en roze (of blauw) cadeaulint, een hobbyschaar, plakband, een waterbestendige zwarte viltstift.

Deze kwallenvermomming is erg geschikt voor last-minute verkleedpartijtjes omdat je het in een pootomdraai kunt maken! Vouw een doorzichtige paraplu open en plak de hele onderkant vol met cadeaulint dat je eerst met een schaar hebt opgekruld. Trek blauwe en witte kleren aan en houd de paraplu boven je hoofd. Laat hem een beetje wiegen. Als je wilt, kun je met de zwarte viltstift ook nog kwallenogen op je paraplu tekenen.

Als je je kwallenvermomming nog mooier wilt maken, knip dan schelpen uit lapjes vilt en plak ze op een roze petticoat. Je kunt deze voorbeelden overtekenen.

Na regen komt ...
een regenboog!

DIT HEB JE NODIG:
een oude hoed met een brede rand, een pak wattenbollen, doorzichtige nylondraad, wit of zilverkleurig karton, een oud jurkje in een soepele stof, rood, oranje, geel, groen, lichtblauw, donkerblauw en paars vilt, een hobbyschaar, textiellijm, gewone lijm, naald en draad.

Plak de hoed vol met wattenbollen tot hij helemaal bedekt is: dit wordt je wolk! Maak een heleboel nylondraden (ze moeten tot op je knie reiken) aan de wolk vast en plak op de draden kleine rondjes die je uit het karton hebt geknipt. Dat is de regen.
Knip zeven licht gebogen stroken uit de lappen gekleurd vilt, één voor elke kleur van de regenboog. Plak ze met textiellijm en in de juiste volgorde (rood, oranje, geel, groen, lichtblauw, donkerblauw en paars) op de voorkant van je jurk. Trek het aan en zet je hoed maar op. Het is heel stoer als je er regenlaarzen onder draagt!

DE TRUC MET DE DOOSJES

Dankzij de mysterieuze dief die zich als goochelaar verkleedde, zijn Elisa, Marco en ik nu gek op goocheltrucs. We hebben er één geleerd die heel eenvoudig en superleuk is. Probeer het zelf maar eens uit; JE VRIENDEN ZULLEN HUN OGEN NIET GELOVEN!

DIT HEB JE NODIG:
vier identieke doosjes met een dekseltje, drie muntstukken, plakband, een T-shirt of vest met wijde, lange mouwen

1. Eerst trek je, zonder dat je publiek het ziet, het T-shirt met lange mouwen aan. Je doet de drie muntstukken in één van de vier doosjes en verstopt dat in je rechtermouw. Plak het vast met wat plakband zodat het er niet uitvalt.

2. Nu ben je klaar om aan je optreden te beginnen. Zet de drie lege doosjes voor je op tafel. Pak twee van de doosjes met je linkerpoot, eh –hand, en schud ermee, zodat je toeschouwers kunnen horen dat ze leeg zijn. Vervolgens pak je met je rechterhand het derde doosje. Schud hier ook mee. De toeschouwers denken dat er iets in zit, omdat ze de muntjes in het doosje dat in je mouw zit horen rammelen!

3. Verwissel de doosjes op de tafel een heleboel keer van plaats. Als je klaar bent, vraag je aan je toeschouwers om te raden in welk doosje de muntjes zitten.

Natuurlijk kiest niemand het juiste doosje, want dat zit in je mouw! Het lijkt dus alsof jij de muntjes hebt weggetoverd!

IJSBLOKJES VISSEN

SOMS LIJKT WETENSCHAP WEL TOVERKUNST!

Met dit experiment verbaas je al je vrienden!

DIT HEB JE NODIG:
een glas koud water, een ijsblokje, een beetje zout, een dikke draad.

1. Doe het ijsblokje in het glas met water. Laat nu ook de draad in het glas zakken tot hij het ijsblokje raakt.
2. Pak een klein beetje zout en gooi het met een groots gebaar in het glas.
3. Nu zeg je tegen je vrienden dat je het ijsblokje met de draad uit het water gaat halen.

Je wacht een paar seconden en trekt dan voorzichtig aan de draad.

Een chemische reactie heeft ervoor gezorgd dat er tussen het ijsblokje en de draad een klein laagje ijs is ontstaan. Daardoor kun je het ijsblokje heel even optillen!

DE BALLON DIE ZICHZELF OPBLAAST

Vraag aan iemand om een ballon op te blazen zonder erin te blazen. Het lijkt ONMOGELIJK, maar bij dit experiment houdt iedereen gegarandeerd zijn adem in!

DIT HEB JE NODIG:
een plastic flesje van een halve liter, een ballon, azijn, soda.

1. Doe zes eetlepels azijn in het flesje en doe er een afgestreken lepel soda bij.

2. Trek nu de ballon over de hals van het flesje: hij blaast zichzelf langzaam op! Hoe dat komt? Dankzij de chemische reactie van de azijn met de soda komt er koolzuurgas vrij. Koolzuurgas is lichter dan lucht: daardoor stijgt het op en komt het in de ballon terecht!

GEZICHTS-BEDROG

Toverkunst bestaat niet: elk trucje komt neer op behendigheid, snelheid en ... wat we (denken te) zien! Probeer deze illusies maar eens uit!

Kijk aandachtig naar de afbeelding: denk je dat een van deze wegen verschilt van de twee andere?
Ja! Maar het is niet de derde (die is identiek aan de eerste) ... het is de tweede! Meet het maar na als je het niet gelooft!

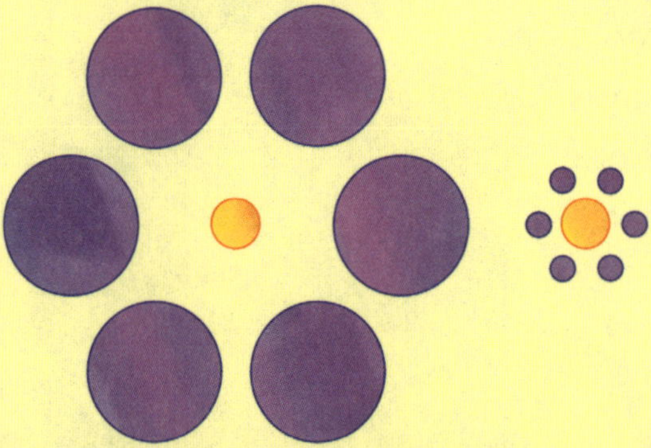

Zie je de oranje cirkels in het midden? Denk je dat de rechter groter is dan de linker? Nee hoor: het is gewoon gezichtsbedrog!

Nicky zit op de trappen naast een andere knaagster. Maar er klopt iets niet! Zie jij het ook?

Denk je dat de achterste knager groter is dan de voorste? Nee, ze zijn alle drie precies even groot!

SPEL

Zoekplaatje

Deze twee platen lijken identiek, maar er zijn zes verschillen. Kun jij ze vinden?

RECEPT

PINZA: EEN ZOETE LEKKERNIJ

Bij Elisa en Marco heb ik ontdekt dat ik dol ben op Venetiaanse desserts. Deze *pinza* moet je absoluut geproefd hebben!

INGREDIËNTEN

Voor 4 personen: 300 gram broodkruim (van oud brood), 6 deciliter melk, 100 gram bloem, 30 gram boter, 90 gram suiker, 100 gram rozijnen, 2 eieren, opgeklopt, een snufje zout, poedersuiker.

1. WEEK DE ROZIJNEN in een glas lauw water.

2. DOE HET BROODKRUIM in een kommetje, giet de melk erbij en laat een half uurtje weken. Doe er de bloem, de poedersuiker, de gesmolten boter, de opgeklopte eieren, de drooggedepte rozijnen en het zout bij en meng alles goed door elkaar.

3. VET EEN BAKBLIK IN en doe het mengsel erin. Laat 50 minuten bakken in een op 180 graden voorverwarmde oven.

4. LAAT AFKOELEN en strooi dan de poedersuiker eroverheen.

Als je het EXTRA LEKKER wilt maken, kun je een handvol pijnboompitten en wat CHOCOLADE-KORRELS aan het recept toevoegen.

RECEPT S-VORMIGE KOEKJES VAN BURANO

De typische esse van Burano zijn heerlijke koekjes in de vorm van de letter S. Ze zijn zelfs nog lekkerder met een kop hete chocolademelk erbij. Jammie!

INGREDIËNTEN

(voor 500 gram koekjes): 250 gram bloem, 140 gram suiker, 70 gram boter, 3 eierdooiers, 1 zakje vanillesuiker, sap van een halve citroen, een snufje zout.

1. DOE DE ZACHT GEWORDEN BOTER, de suiker en de drie eierdooiers (een voor een) in een kommetje en meng alles goed door elkaar. Doe de vanillesuiker, het citroensap, het zout en de gezeefde bloem erbij.

2. KNEED HET MENGSEL met je handen. Rol staafjes van twee centimeter dik en maak daar S'jes van.

3. LEG DE KOEKJES OP EEN BAKPLAAT en bak ze twintig minuten in een op 180 graden voorverwarmde oven.

4. LAAT ZE AFKOELEN voor je ze opdient.

Smullen maar!

RECEPT

TURKSE RIJSTTAARTJES

INGREDIËNTEN

1 liter melk, 120 gram rijst, 60 gram suiker, een half vanillestokje, een eetlepel rozijnen, 30 gram pijnboompitten, een klontje boter en een snufje zout.

1. GIET DE MELK in een pan en doe er de vanille bij. Vraag een volwassene om de pan op het vuur te zetten. Zodra de melk begint te koken, doe je de rijst erbij. Goed roeren zodat het niet aan de bodem blijft plakken!

2. Als de rijst ongeveer de HELFT VAN DE MELK heeft opgenomen, doe je het zout, de suiker, de boter, de rozijnen en de pijnboompitten erbij. Laat de pan op een LAAG VUURTJE staan en blijf roeren tot de melk volledig is opgenomen en de rijst gaar is.

3. LAAT HET AFKOELEN. Giet het mengsel nu in de vooraf ingevette en met suiker bestrooide bakvormpjes. Ongeveer twintig minuten laten bakken in een op 180 graden voorverwarmde oven.

Voor wat EXTRA SMAAK kun je, als de melk bijna is ingekookt, wat GERASPTE CITROENSCHIL (van een halve citroen) aan het recept toevoegen.

SPEL

DE VERDWENEN VOORWERPEN

In de carnavalsdrukte zijn een aantal voorwerpen zoekgeraakt. KUN JIJ ZE VINDEN?

Waaier

Ring

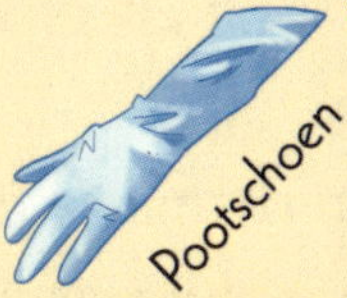

Pootschoen

Diadeem

TEST

WAT IS JOUW IDEALE CARNAVALSKOSTUUM?

1. Je komt binnen op een feestje. Wat doe je?

A. Je maakt je klein en probeert zo min mogelijk op te vallen.

B. Je stort je in de massa en knoopt meteen een gesprek aan met iemand die er interessant uitziet.

C. Je zoekt iemand die je kent en gaat daar een praatje mee maken.

2. Welk dier zou je het liefst willen zijn?

A. Een eekhoorn.

B. Een leeuw.

C. Een hond.

3. Als je iemand ontmoet die je leuk vindt en graag beter wil leren kennen …

A. wacht je tot de ander de eerste stap zet.

B. stel je de ander voor om samen iets leuks te gaan doen.

C. glimlach je naar die persoon, zodat hij/zij snapt dat je contact zoekt.

4. Je luistert het liefst naar …

A. klassieke muziek.

B. rockmuziek.

C. popmuziek.

5. Wat wil je later worden?

A. Leraar of bibliothecaris.

B. Een beroemde rockster die de hele wereld afreist.

C. Dierenarts.

6. Jouw beste vriendin moet iemand zijn …

A. aan wie je echt alles kunt toevertrouwen.

B. die avontuurlijk is aangelegd.

C. met wie je lol kunt hebben.

7. Je leest het liefst …

A. avonturenromans.

B. detectiveromans.

C. waargebeurde verhalen.

UITSLAG VAN DE TEST

Meeste antwoorden A:
Gevoelig als je bent, past er een lief en romantisch kostuum bij jou: een sprookjesfiguur is jou op het lijf geschreven!

Meeste antwoorden B:
Jij hebt een opvallend kostuum nodig. Een kleurrijke Venetiaanse jurk is echt iets voor jou!

Meeste antwoorden C:
Bij jouw opgewekte en gevoelige karakter hoort een elegant en stijlvol kostuum. Een prinsessenjurk is ideaal voor jou.

MAGISCHE REBUS

MAGISCHE REBUS

Waar kan een goochelaar echt niet zonder?
Los onderstaande rebus op en kom erachter!

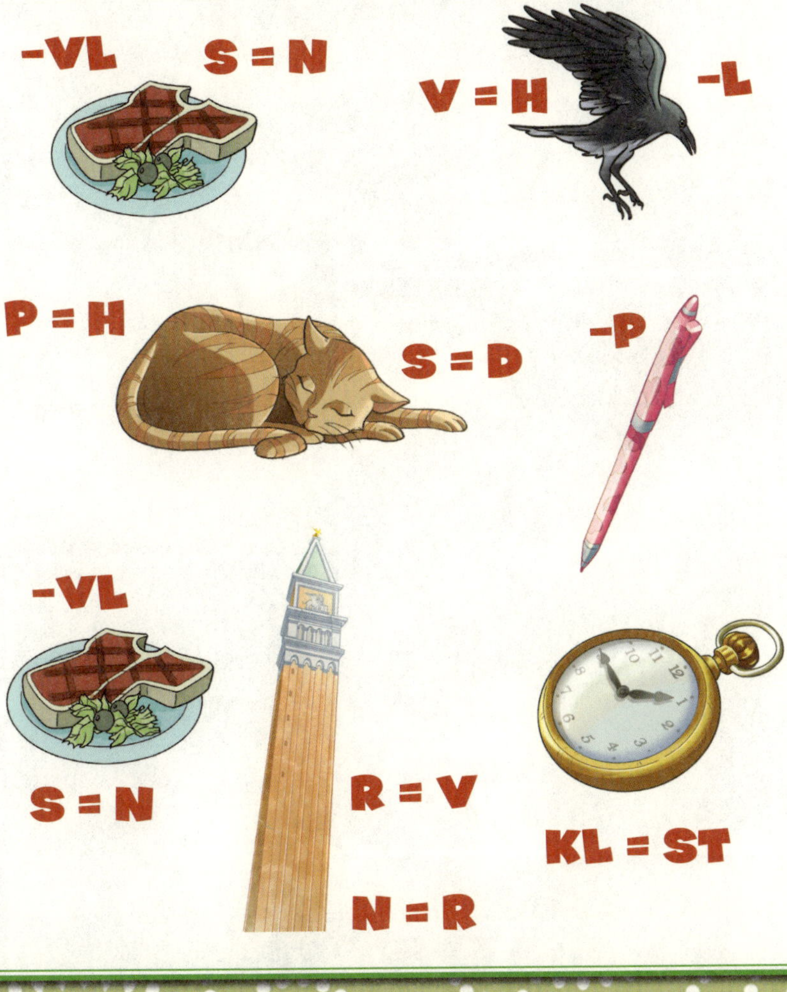

Oplossingen

VERLOREN VOORWERPEN
pag. 207

ZOEKPLAATJE
pagina 202-203

Oplossingen

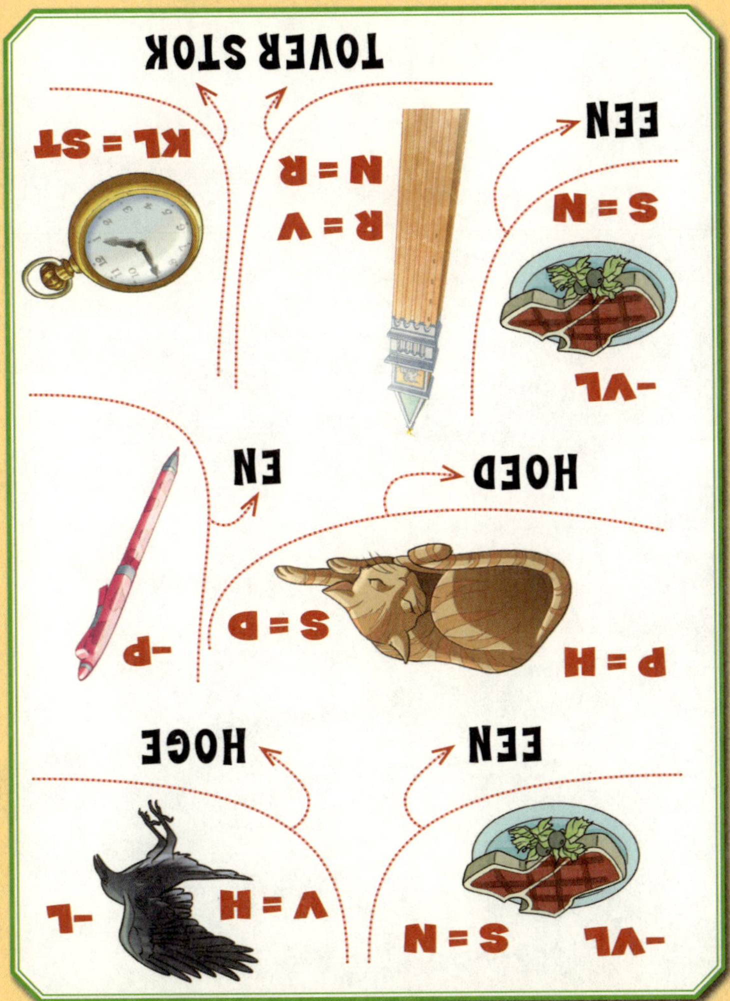

MAGISCHE REBUS pag. 211

INHOUD

Groene reeks

1 Het kasteel van de 100 verhalen
2 Snottebellenslakkensoep? Heerlijk!
3 Pukkelpaniek!
4 Hoe vang je een mummie?
5 Muis overboord!
6 Griezelen in de achtbaan

Rode reeks

1 De grote voetbalfinale
2 Bollywood op stelten
3 De gruwelshow
4 Wat moet ik met een mammoet?
5 Complot op het Schedelslot
6 Het spookt in Rome

Geronimo reeks

73 Ridder voor een dag
74 Een scheve schaats
75 Expeditie Zonnesteek

Makkelijk Lezen boeken / AVI

- Griezelen in de achtbaan
- Het raadsel van Londen
- Samoerai op ninja-jacht
- Ik ben geen topmuis (AVI E3)
- Red de witte walvis (AVI E3)
- SOS uit de ruimte (AVI E4)
- Vier knagers in het Wilde Westen (AVI E4)

Stripboeken

1 De ontdekking van Amerika
2 Het geheim van de Sfinx
3 Ontvoering in het Colosseum
4 Op pad met Marco Polo
5 Terug naar de ijstijd
6 Wie heeft de Mona Lisa gestolen?
7 Op naar de prehistorie!
8 Lang leve de Olympische Spelen!
9 De strijd om de Eiffeltoren
10 De snelste trein van het Wilde Westen
11 Een muis op de maan
12 De muizenissige musketiers
13 De eerst samoerai

Ook verschenen

- Fantasia activiteitenkaarten
- Fantasia (deel I t/m XII)
- Lang Leve Fantasia
- De grote Geronimo Stilton omnibus
- Schimmen in het Schedelslot
- Slaap lekker!
- Vleermuisgespuis

Reis door de tijd

- Reis door de tijd (dikke boeken deel 1 t/m 9)

Kleine delen

- Ontmoeting met een T-rex
- Het geheim van de piramides
- Het kasteel van koning Arthur
- Een wedstrijd voor de keizer
- De schat van de Maya's
- Aan het hof van de koning
- De aanval van de mammoet
- De dief van de Olympus
- De uitvindingen van Leonard

Oerknagers

- Help, het regent stenen!
- De Verschrikkelijke Sneeuwrat
- Het Feest van de Grote Donder
- Op zoek naar de oersoep

Klassiekers naverteld door Geronimo Stilton

- De avonturen van Tom Sawyer
- De drie muisketiers
- De kleine prinses
- De Zwarte Piraat
- Het monster van Frankenstein
- Het zwaard in de steen
- Jolanda, dochter van de Zwarte Piraat
- Moby Dick, de witte walvis
- Onder moeders vleugels
- Reis naar het middelpunt van de aarde
- Reis om de wereld in 80 dagen
- Scrooge, een kerstverhaal
- Sherlock Holmes, meesterspeurder
- Twintigduizend mijlen onder zee

Seriedelen

1 De Drakencode
2 De Thea Sisters op avontuur
3 De sprekende berg
4 De Thea Sisters in Parijs
5 De verborgen stad
6 Het ijzingwekkende geheim
7 Het mysterie van de zwarte pop
8 Schipbreuk in de ruimte
9 New York in rep en roer
10 Diefstal op de Oriënt Express
11 Op zoek naar de blauwe scarabee
12 Gekrakeel om een Schots kasteel
13 Een pracht van een smaragd
14 Vijf prima ballerina's
15 Viva flamenco
16 Help, we missen een welp!
17 Paniek op Hawaï
18 Liefde aan het hof van de tsaar
19 De jacht op de zwarte tulp
20 De Choco Cup
21 Carnaval in Venetië

Het leven op Topford

1 Liefde in de schijnwerpers
2 Het geheime dagboek van Colette
3 De Thea Sisters in gevaar
4 De danswedstrijd
5 Het supergeheime project
6 De magische muisical
7 Op naar de top
8 Wie verstopt zich op Topford?
9 Een geheimzinnige liefdesbrief
10 De dierenkliniek
11 Bedrog op de catwalk
12 Het spookhuis
13 Een prinsheerlijk feest
14 Schatjes van schildpadjes
15 Topford in Hollywood sferen
16 Topsport op Topford
17 Onrust op de manege
18 Het skikampioenschap
19 Topfords topstylist
20 De Thea Sisters in spagaat
21 De voetbalsisters

De Zeven Rozen

1 Het Betoverde Meer
2 Het Bevroren Paradijs
3 Het Wonderlijke Wolkenland
4 De feeën van de Zeven Zeeën
5 De verdwenen prinses
6 Het fonkelende Glinsterland

Prinsessen van Wonderrijk - 8+

1 Het Boek der Raadselen
2 De Droombewaker

Prinsessen van Fantasia - 10+

1 De IJsprinses
2 De Koraalprinses
3 De Woestijnprinses
4 De Woudprinses
5 De Schaduwprinses
6 De Koningin van de Slaap

Heksen van Fantasia - 10+

1 De Heks van Eb en Vloed
2 De Heks van Vuur en Vlam
3 De Heks van Klank en Toon
4 De Heks van Weer en Wind
5 De Heks van Stof en As
6 De Heks van Geur en Kleur
7 De Heks van Al het Kwaad

De 13 zwaarden - 10+
door Thea en Geronimo Stilton

1 De Spiegel der Duisternis
2 Het kwade verbond
3 De Geheime Tunnel
4 Het Laatste Zwaard

Al deze boeken zijn te koop in de boekhandel of te bestellen via www.wakkerewinkel.nl.

1
2
3
4
5
6
7
8
9
10
11
12
13
14
15
16
17
18
19
20
21
22
WALVIS
EILAND

Walviseiland

1. Sterrenwacht
2. Meeuwenklippen
3. Ezeltjesstrand
4. Dierenkliniek Snoesje en Snuitje
5. Herberg Marianne
6. Lawineberg
7. Valkenpiek
8. Schildpaddenstrand
9. Slakkenrivier
10. Valkenbos
11. Topford College
12. Windgrot
13. Zeilclub
14. Mode-academie
15. Aalscholverrotsen
16. Nachtegalenbos
17. Openbare bibliotheek
18. Haven
19. Villa Marea: laboratorium voor zeebiologie
20. Zonnepanelen
21. Vlinderbaai
22. Vuurtorenrots

TOPFORD
1
2
3
4
5
6

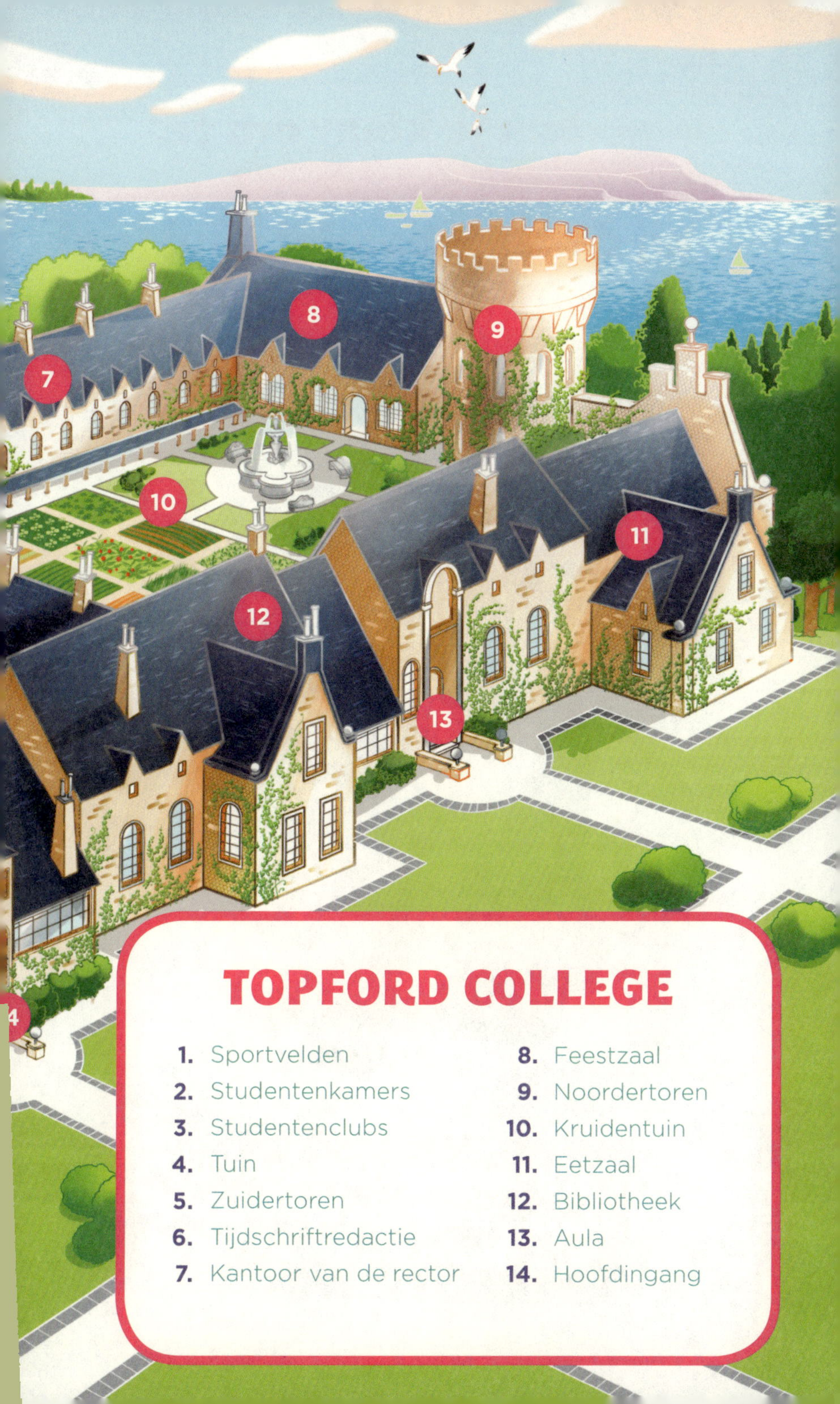
7
8
9
10
11
12
13
4
TOPFORD COLLEGE
1. Sportvelden
2. Studentenkamers
3. Studentenclubs
4. Tuin
5. Zuidertoren
6. Tijdschriftredactie
7. Kantoor van de rector
8. Feestzaal
9. Noordertoren
10. Kruidentuin
11. Eetzaal
12. Bibliotheek
13. Aula
14. Hoofdingang

Ben je klaar om te vertrekken?
Bij de boekhandel vind je al onze avonturen!

Wil je alles te weten komen over Thea en de Thea Sisters?
Kijk op www.theastilton.nl